El dilema de Trino

El dilema de Trino

Diane Gonzales Bertrand

Translated into Spanish by
Julia Mercedes Castilla

PIÑATA BOOKS
ARTE PÚBLICO PRESS
HOUSTON, TEXAS

Este libro está subvencionado en parte por una beca del Fondo Nacional para las Artes, que cree que una gran nación merece gran arte, por becas de la Ciudad de Houston a través del Cultural Arts Council of Houston/Harris County y por el Exemplar Program, un programa de Americans for the Arts en colaboración con el LarsonAllen Public Services Group, fundado por la Fundación Ford.

¡Piñata Books está lleno de sorpresas!

Piñata Books
An imprint of
Arte Público Press
University of Houston
452 Cullen Performance Hall
Houston, Texas 77204-2004

Portada y diseño por Vega Design Group

Bertrand, Diane Gonzales.
    [Trino's choice. Spanish]
    El dilema de Trino / por Diane Gonzales Bertrand; traducido por Julia Mercedes Castilla.
       p.   cm.
    ISBN-10: 1-55885-458-4 (pbk. : alk. paper)
    ISBN-13: 978-1-55885-458-1 (pbk. : alk. paper)
    I. Castilla, Julia Mercedes   II. Title.
    PZ73.B446   2005
    [Fic]—dc21
                              2005046493
                                      CIP

5 6 7 8 9 0 1 2 3 4   10 9 8 7 6 5 4 3 2 1

Para
Trinidad Sánchez, Jr.,
por su inspiración y estímulo

Para
Los estudiantes de sexto a octavo grado y para sus maestras,
quienes me pidieron que les escribiera un libro

Gracias

Capítulo uno
Trino

Trino tenía que correr o morir. Con las manos empuñadas corrió por entre el polvo caliente que se le pegaba a la lengua y hacía que le ardieran los ojos. Atravesó por el callejón detrás de la estación de gasolina Texaco, sin parar a leer el grafitti de las pandillas que ensuciaba las paredes enteras. Las ramas de la maleza seca le azotaban los pantalones mientras su camisa azul, abierta, aleteaba como una sábana colgada de un tendedero.

De repente oyó el silbido y supo que no estaban lejos. Maldijo su estupidez por correr de esa manera. Adelante sólo veía el campo y la carretera. Lo buscarían primero en la Texaco y luego lo encontrarían jadeando como un perro en la mitad del campo.

Esto no se veía nada bien. A su izquierda Trino vio a la distancia unos edificios: Una fila de edificaciones de adobe color marrón con techos de paja. Corrió hacia ellos, aunque sabía que sólo eran unas tiendas de baratijas para turistas que creían que los coyotes del sur de Texas usaban bandanas y que todo el mundo tenía un cactus en los jardines de sus casas. Unos cuantos autos estaban estacionados en el lote de gravilla, pero no se veía a nadie alrededor.

¿Dónde se podría esconder? Nelida's parecía ser una tienda para mujeres. Tan pronto como entrara la dueña lo

1

vería raro. Socorro Bazaar tenía cara de ser un lugar para comprar un burro de cerámica o piñatas horribles. ¿Para qué?

Fito's Tacos le dio hambre, pero no era un buen lugar para esconderse. El sitio en la esquina era una tienda llamada "La Canasta de Libros".

Aminoró el paso al llegar al pórtico. Las tablas del pórtico estaban torcidas y había un montón de cachivaches para turistas colgando de las paredes, pero parecía tener aire acondicionado.

La manija de la puerta se adhirió a su mano al empujarla. No cedió, y tuvo que empujar la puerta con el hombro para abrirla.

Parpadeó en la oscuridad, había una gran diferencia con la luz del sol por la que venía corriendo. No había casi luz en la tienda, sólo una hilera de bombillas en forma de jalapeños rojos alrededor del cuarto, un cuarto tan pequeño como un closet.

Rápidamente paseó la mirada por los estantes de la pared de atrás. Algunos libros estaban recostados contra la pared, con las carátulas hacia a él. Vio unas camisetas en un perchero a su izquierda, y luego descubrió la registradora sobre un escritorio en forma de L que estaba pegado a un mostrario de vidrio donde se encontraban unas vasijas de cerámica y joyas con turquesas.

El sitio estaba desierto o tal vez el dueño se encontraba en la parte de atrás.

¿Habría suficiente tiempo para recoger el efectivo? Después de todo podría sacarle algo al mal día.

Trino había tomado el primer paso hacia el mostrador cuando oyó, —Hola, ¿en qué puedo ayudarte?

Una figura escuálida apareció de pronto y se le encaró. Trino se dio cuenta de que era una mujer blanca de cabello rojo desordenado y gordas mejillas. Llevaba puesto algo gris, camisa y pantalones, y no fue hasta que se acercó que detectó un ligero olor a flores.

—Tengo muchos libros aquí. ¿Qué clase de libro buscas? —Ella se movió hasta quedar entre él y la registradora, y como Trino era de su misma estatura, lo podía mirar directamente a los ojos.

Trino no pestañeó pero la mente le zumbaba. ¿Estaría sola? ¿La podría empujar, sacar el dinero e irse antes de que los muchachos aparecieran? Tal vez podría negociar la salida del lío en que se encontraba.

—Oye, yo te conozco —dijo la mujer, acercándose aún más hasta quedar cara a cara.

Trino sintió el estómago en llamas pero consiguió controlarse. Quería salir del lugar. Rápido. Retrocedió, listo a echar carrera, pero la señora enganchó un dedo en el bolsillo de su camisa.

—Tú eres uno de los muchachos que está haciendo un reporte sobre el libro de Rivera, ¿verdad? Ayer recibí unas copias. Ven. —Se dio vuelta para ir a algún lugar, arrastrándolo consigo—. Yo estaba en la parte de atrás almorzando. Quédate y te muestro dónde están los libros.

Trino debió haberle dicho algo y haberse ido, pero cuando la mujer lo jaló se dio cuenta que había otro cuarto donde el aire estaba aún más fresco. Hacia allá lo llevaba. El esconderse allí no estaría mal, aunque tuviera que pretender hacer el reporte. La mujer parecía ser lo suficientemente tonta para creer que a alguien como a él podría importarle un libro.

Lo encaminó hacia un segundo cuarto bajando por una rampa. Dos bombillas desnudas colgaban de las tablas debajo del techo de paja. Vio estantes de libros alrededor de las paredes y más libros sobre las mesas de esquina. Éstos tenían cubiertas de colores brillantes con fotografías resplandecientes.

Libros de niños para maestras, pensó. Libros que él nunca hubiera podido llevar de la escuela a su casa cuando era pequeño porque sus hermanos menores los hubieran rasgado hoja por hoja y después las maestras lo hubieran regañado. No necesitaba más problemas.

El siguiente cuarto era más grande y tenía luces fluorescentes de bombillas largas y delgadas que daban mucha luz, mostrando cuántos libros se podían atiborrar en un lugar. Las paredes estaban llenas de estantes. Los libros apiñados como cercas de madera. Había libros en cajas con los lomos a la vista de forma que podía ver los títulos, libros en cajones de plástico donde se transporta leche y en cajones de madera con toronjas pintados en ellas. Había libros apilados en estantes de metal giratorios. Hasta en una canasta de mercado sin ruedas había libros amontonados.

Dos rayadas sillas de madera con asientos de mimbre estaban junto a una mesa azul floreada en una esquina. Había libros desparramados sobre la mesa, como si alguien los hubiera estado mirando y hubiera decidido no gastar dinero en ellos.

—Encontré el libro que necesitas, allá en el segundo estante —dijo la mujer, señalándolo con una mano blanca y sin joyas—. Mira por ahí. Ya vuelvo.

Dejó a Trino parado en la mitad del cuarto. Era el mejor sitio que hubiera podido escoger para esconderse, y se rió al pensarlo. Se preguntaba si habría algo mejor que libros en este lugar y empezó a fisgonear. Encontró un par de *beanbags* de plástico rojo detrás del carro de mercado, y las arrastró hacia un espacio detrás de los estantes de metal. Si se sentaba en la esquina pretendiendo leer un libro, tal vez la gringa lo dejara en paz. Era un sitio fresco donde sería fácil dormir.

—¡Hola! —sonó una voz detrás de él.

Trino le dio una patada a los *beanbags* y se volteó, las manos empuñadas.

—Yo también los pateó un poco para que queden más cómodos.

Trino se enojó y al mismo tiempo se sintió estúpido. La mujer blanca lo había asustado muchísimo, pero ahora estaba ahí parada, sosteniendo una lata de refresco y un huevo. Extendió las manos hacia él. —No te puedo ofrecer más, pero no me importa compartir.

Trino frunció el ceño presionando las cejas hasta la nariz. —No —refunfuñó, y después de una pausa dijo—, No . . . Gracias.

—No se puede disfrutar de un libro sin una merienda. Abuela Wagner me enseñó esto. —Sus ojos traviesos se agrandaron en círculos azules—. Toma la comida y después me dices qué te parece el libro.

La mujer bajó la mano como si fuera a tirarle el huevo en el regazo si él no lo tomaba, entonces Trino tomó el huevo duro frío y el refresco helado. Le gustó esa sensación fría húmeda, especialmente con su boca todavía con sabor a polvo, y su estómago vacío desde la noche anterior.

La mujer se alejó hacia otro cuarto rascándose la cabeza de alborotado pelo rojo.

Trino se tiró sobre los *beanbags* y se relajó. Abrió el refresco y bebió un buen sorbo. El refresco le hizo arder la garganta al enjuagar el polvo con sabor a miedo que lo había llevado hasta ese lugar.

Encontró un estrecho agujero entre la pared y el piso, un buen sitio para tirar las cáscaras del huevo que pelaba.

Estaba comiéndose el huevo, mirando hacia arriba y hacia atrás cuando divisó unos tenues rayos de sol en forma de rectángulo. Descubrió que estaba sentado frente a una puerta o un lugar en la pared donde antes había una puerta. Levantó los dedos hasta la rendija y sintió el aire caliente contra su piel. Un escalofrío corrió por su espalda pero lo eliminó con otro trago de refresco.

Sin nada más que hacer, los ojos de Trino empezaron a concentrarse en los títulos de los libros que tenía frente a él. Tomó uno del estante y estudió la cubierta. En ella había una fotografía de un pájaro negro que llevaba un rosario en el pico.

El nombre del autor era Morelos, como su tío. Trino abrió el libro en una página de en medio y empezó a leer sobre un curandero que sanaba a una aldea de los malos espíritus. Trino no podía pronunciar algunas palabras, pero le gustó el suspenso. Entendió por qué el pueblo podía estar tan asustado con la señal maligna que había aparecido en la cima de la montaña.

El corazón de Trino latía de emoción mientras leía la descripción de cómo el curandero mezclaba brebajes y entonaba oraciones. Los sentimientos de los personajes se intensificaban. Hasta el piso parecía temblar bajo sus pies cuando un espíritu maligno trataba de apoderarse de su presa.

Voces airadas al otro lado de la pared enviaron al espíritu maligno derecho al espinazo de Trino. Se sentó y tiró el libro a un lado. Se apoyó sobre una rodilla y atisbó por entre una de las rendijas.

No vió más que piernas, pares de jeans desteñidos y zapatos sucios.

—¿Se habrá metido allí?

—¿Qué, por un libro?

—¿Por libros y una vieja loca? Valdo dice que el lugar es como un ataúd.

—Deberíamos revisar de todos modos.

Trino se agachó, por si uno de los muchachos se asomara. Sintió un sudor frío en la parte de atrás de la nuca. Miró a su alrededor nerviosamente, buscando con los ojos algo que le sirviera de arma. *¡Libros, inútiles libros!*

—Encontré esta biografía de Rivera. ¿Se te perdió algo?

—La mujer reapareció con un libro color marrón en la mano.

Trino deseó haber podido tomar el libro y lanzarlo contra la cara de ratón de Rosca. Solo que Rosca se encontraba al otro lado de la pared, y Trino estaba ahí con la loca de la librera, con miedo a decir algo que pudiera oírse por entre las grietas de la pared. Rápidamente meneó la cabeza. Se encogió de hombros, sintiéndose como un perro callejero esperando a que lo atropellara un auto.

—Está bien —dijo ella y abrió el libro—. Pensé que si necesitabas información sobre Rivera para tu reporte, podrías encontrar algo aquí. A las maestras les gustan esta clase de cosas. Son buenas para créditos extras. Los créditos extras siempre le ayudan al reporte de calificaciones, ¿verdad?

Las palabras de la mujer le dieron dolor de cabeza, pero sus propias palabras lo condenarían a morir. Así es que Trino movió la cabeza afirmativamente y le quitó el libro de las manos. No la miró a la cara y evitó, sobre todo, mirar esos ojos tan azules y agudos que podrían rasgar llantas.

Queriendo alejarse de las grietas en la pared donde podían estar los muchachos, Trino se llevó el libro hacia la silla de mimbre y la mesa floreada y se sentó.

Apenas había puesto los ojos sobre la cubierta, la fotografía de un sujeto llamado Tomás Rivera, cuando oyó voces de muchachos en el otro cuarto.

Señora librera, pensó, *estamos en un gran aprieto.*

Capítulo dos
Los estudiosos

Cada músculo del cuerpo de Trino se endureció al mirar por encima de la librera hacia el grupo que entraba al recinto.

Pero al verlos Trino se dio cuenta que no eran Rosca y su pandilla. Eran sólo tres chicos y un par de chicas. Todos hablaban al mismo tiempo saludando a la librera como si se conocieran.

—¿Llegamos muy temprano, muy tarde o qué? —preguntó un muchacho.

—Están adelantados un día. Emilce viene mañana —dijo la mujer.

Una chica de camisa roja golpeó al chico en el hombro.

—Te dije, Jimmy. Te dije que el poeta venía el sábado.

—No importa. Pueden volver otra vez —dijo la librera y se volteó a mirar a Trino—. ¿Puedes venir mañana?

Todos los chicos se quedaron mirándolo. Les hubiera podido mirar feo pero decidió no echar por tierra la historia del buen estudiante frente a la librera. Posó sus ojos sobre los de ellos como cuando se está mirando sin intenciones de comprar y se encogió de hombros.

—¿Quién es él, Maggie? —preguntó una chica muy bonita de cabellos negros y ondulados, que caían sobre sus hombros.

La librera puso una mano sobre la espalda de Trino.

9

—Él está haciendo un reporte sobre uno de los libros de Rivera. Su nombre . . . ¿Cómo me dijiste? Lo siento.

—Me llaman Trino —dijo, sin poder quitar los ojos de encima de la chica de cabellos negros. ¿Cuál sería el nombre de ella?

La jovencita le sonrió y desvió la mirada hacia los libros en la canasta de compras. —Tal vez compre un libro mañana. ¿Tienes algo interesante, Maggie?

—Todo lo que hay en esa canasta es interesante, querida —dijo la librera al reunirse con la muchacha, y de inmediato empezó a parlotear sobre los libros como hacen los libreros.

—¿Vas a Carson? —preguntó el muchacho llamado Jimmy.

Trino apenas inclinó la cabeza. Los había visto por ahí, alumnos del séptimo grado como él. Sabía bien qué tipo de chicos eran, esos que las maestras prefieren porque contestan preguntas y hacen las tareas. No eran la clase de chicos que él escogería como amigos. Probablemente no eran capaces de romper un cerrojo o golpear una máquina de refrescos hasta que soltara dinero. Nunca había tenido problemas en la escuela con esta clase de muchachos . . . tal vez porque nunca los había molestado.

Mientras le robaba otra mirada a la chica que revolvía los libros de la canasta, Trino se preguntó si debería pretender por un rato más y ver qué pasaba.

De pronto una mano pequeña pasó ligeramente por los hombros de Trino y unas uñas pintadas como balas verdes apuntaron a un libro abierto.

—Éste es el hombre que escribió el libro que la señorita Jiménez quiere que leamos.

Trino no dijo nada cuando la muchacha de la camisa roja se le acercó. Detectó olor a mantequilla de maní cuando volvió a hablar.

—¿Tienes a la señorita Jiménez en alguna clase?

Trino murmuró, —No —esperando que la chica se fuera y lo dejara solo.

—La señorita Jiménez quiere que todos compremos el libro de Rivera. Dice que él escribe sobre los problemas de la vida real. —La muchacha continuó hablando como lo hacen los estudiosos, pero Trino no le prestó atención.

Él no tenía padres que le leyeran libros. Su papá había muerto y su mamá tenía dos trabajos, y a veces hasta tres, por lo que no tenía tiempo para leer. Los chicos en la librería tenían una vida fácil. Si sólo pudieran sentarse en su casa por un rato sabrían más sobre los problemas reales que lo que un libro les pudiera enseñar.

La muchacha finalmente se fue, probablemente cansada de hablar sola. Uno de los chicos se había unido a Maggie y a las chicas alrededor de la canasta. Los otros dos muchachos estaban en otro lugar ojeando unos libros. Trino todavía sentía sus miradas sobre él. ¿Habrían visto a Rosca antes de entrar? ¿Habrían adivinado que se estaba escondiendo?

Aunque Trino se fuera con los estudiosos, sabía que Rosca lo asaltaría. Ellos correrían a sus casas asustados, dejándolo morir.

De pronto el olor de un perfume sacó de la cabeza de Trino la visión de su cuerpo despedazado. Levantó la vista para ver a la muchacha de cabellos negros tirar unos libros sobre la mesa. Estaba parada al otro lado de la mesa, frente a él, sosteniendo otro libro en la mano. Tenía manos pequeñas sin el esmalte de uñas tan feo de su amiga, y un pequeño anillo de plata con una piedra negra en uno de sus dedos.

Vio el rostro moreno y delgado de labios rojizos, nariz

pequeña y grandes ojos café. Sus ojos lucían bien, sin maquillaje negro y pegajoso. Ella sonrió cuando lo descubrió mirándola.

—¿Te gusta leer? —parecía que se estuviera burlando de él.

—Por supuesto —mintió Trino, golpeando sus dedos sobre el libro.

—A mí también —contestó ella, sólo que esta vez no hubo risa detrás de sus palabras—. Yo voy a la biblioteca pero Maggie tiene mejores cosas aquí. Es mejor esperar y comprar mis propios libros.

Trino asintió con la cabeza porque no sabía qué contestar. ¿Qué le pasaba? La lengua parecía llenarle la garganta. Quería escupir pero ahora no lo podía hacer.

—Soy Lisana —dijo la chica—. ¿Trino, verdad?

Volvió a inclinar la cabeza sintiendo la nuca como si fuera de caucho. Tragó algo espeso con sabor a huevo, refresco y libros. Luego le preguntó —¿Vas a Carson?

—Sí, antes iba a Grande. Carson es mejor.

—Es porque es más nuevo. Grande es más viejo que mi abuela —Trino se alegró cuando ella sonrió. No estaba seguro si los de su clase sabían español. En su barrio las palabras en español y en inglés se mezclaban como barro y agua. Los fragmentos de las dos lenguas a menudo lo metían en problemas con el trabajo de la escuela, especialmente con los maestros gringos.

Los dos chicos que estaban en la esquina de pronto llegaron a la mesa. Trino se preguntaba a cual le gustaría Lisana. La espalda y los hombros de Trino se tensaron cuando Jimmy lo miró fijamente y lo estudió por un momento antes de hablar con Lisana.

—Si vamos a volver mañana mejor vámonos a casa, Lisana —Jimmy pronunció las palabras con cuidado, como si tuvieran un mensaje secreto en ellas—. Ya sabes cómo se pone Abby.

Lisana suspiró, —Sí, está bien. Mejor vámonos.

La librera trajo a la chica de camisa roja y al otro chico a la mesa para unirse a ellos. —¿Te decidiste por algo, Lisana?

—Tal vez compre el libro de poesía mañana, Maggie.

Trino esperaba que la librera se pusiera roja o gruñera como lo hacía el viejo de la tienda de la esquina cuando Trino tocaba las sandías o sacudía una caja de cereal y no compraba nada. La librera sólo recogió los libros de la mesa y dijo, —Emilce Montoya va a ser famoso algún día, y ustedes pueden decirle a todo el mundo que compraron una copia firmada de su libro de poesías en esta tienda.

—¿Crees que podríamos vender su autógrafo por mucho dinero como los de los jugadores de pelota? —dijo el muchacho parado cerca de Jimmy.

—¿Crees que podríamos venderle ese cerebro tuyo a la ciencia, Albert? —contestó Jimmy, y los otros chicos se rieron. Hasta Trino se sonrió.

Maggie pasó el brazo sobre el hombro de Albert. —Emilce empezará a leer a las tres. No lleguen tarde porque se perderán de algo especial. Y voy a tener algo de comer y de beber también. No se puede gozar de un buen libro sin una merienda.

Trino se preguntó si a estos muchachos les gustaban los huevos fríos y los refrescos.

Lisana y Jimmy le prometieron a la librera que volverían al día siguiente para la lectura de la poesía.

Mientras Trino escuchaba pensaba que los estudiosos estaban locos al querer oír a un hombre leer poesía. La poesía era tan sosa; rimas estúpidas o frases sin terminar que no tenían sentido. Él prefería que le dieran un golpe en la cabeza antes de tratar de entender el significado de algunos estúpidos poemas.

Los chicos empezaron a encaminarse hacia la salida del cuarto en compañía de la librera, pero la chica de la camisa roja se quedó rezagada, tirando del brazo de Lisana para que se quedara con ella. Le dio una rápida mirada a Trino y bajó la vista hacia el piso mientras decía en voz baja. —Lisana, necesito una copia del libro de Rivera para la clase de inglés. En las bibliotecas ya no hay y la señorita Jiménez quiere que lo tengamos para el lunes. ¿Lo puedes comprar?

—¿No tienes dinero?

—La señorita Jiménez dice que es un buen libro. Lo puedes comprar y leer también. Yo sólo lo quiero prestado por unos días. Siempre estás comprando libros, Lisana. Yo necesito mi dinero para comprar algo mejor.

Lisana frunció la nariz como si no le gustara lo que la muchacha le decía. Luego resopló y se encogió de hombros. —Lo pensaré, Janie. —Levantó los ojos y vio que Trino la observaba. Alzó la mano en señal de despedida—. Nos vemos mañana, Trino.

El cuerpo de Trino se deslizó nuevamente hacia su silla pero no dijo nada. Las dos chicas se apresuraron a salir detrás de los muchachos.

De pronto Trino se enderezó como si alguien le hubiera dado un golpe en la espalda. Tenía que salir de allí antes de que la loca de la librera empezara a molestarlo otra vez con lo de la lectura y la poesía.

Empujó la silla hacia atrás y se movió rápidamente hacia la pared lateral para atisbar por las rendijas. No había señal de Rosca ni de los muchachos, sólo los estudiosos saliendo de la tienda en grupo, dirigiéndose hacia la calle. ¿Dónde estaría Rosca ahora? ¿Volvería al parque?

¿Estaría esperando detrás de los edificios? Trino se pasó los dedos por la nuca, deseando llevar una medalla de plata que le diera la ayuda extra de un santo.

Tendría que salir hacía la carretera y rezar para que algún vecino en camino a casa de la fábrica de pantalones de mezclilla lo llevara antes de que Rosca lo encontrara. Trino sentía las piernas como si fueran de madera cuando caminaba por la desnivelada rampa hacia el pequeño recinto por donde la gente entraba a la librería. Cuando vio a la librera detrás del mostrador, sintió un pinchazo dentro de su cabeza. Todavía tenía que pasar frente a ella.

La mujer limpiaba el mostrador de cristal con un líquido con olor a pino que apestaba y lo frotaba con una servilleta de papel. —Emilce lee a las tres, llega temprano para que puedas hablar con él.

Trino apenas la miró lo suficiente para hacerle saber que no regresaría, ¿pero quién podía ver sus ojos en ese lugar tan oscuro? Se preguntaba cómo había podido ser tan estúpido como para haber llegado a ese sitio que era peor que la escuela. No había nada allí para él. Necesitaba salir por la puerta y olvidarse de este día.

—Emilce es el mejor poeta de esta ciudad pero nadie lo toma en cuenta. La última vez debieron haber pasado su lectura por televisión. Fueron así de buenas —dijo mientras seguía limpiando el mostrador.

La librera continuó hablando pero Trino ya se acercaba a la puerta. El piso crujió bajo sus pies, como en una de esas casas embrujadas de las películas. Esperaba poder salir antes de que la bruja le cortara el hígado y se lo merendara.

—Trino —la librera lo llamó de pronto en voz alta.

Trino empuñó las manos. Sabía que lo que le siguiera

a su nombre serían palabras que tendría que confrontar.

—Quiero que vuelvas mañana, necesitas oír a Emilce.

Trino hizo rechinar sus dientes. Odiaba que le dieran órdenes.

—No tengo que hacer lo que usted dice.

Era la primera vez que le dejaba ver quién era él realmente. Ella creía que su silencio quería decir que lo podía mandonear, tenía que mostrarle que no era así. Acercó la mano a la manija fría de la puerta y la abrió de un golpe.

—Si no vienes mañana me voy sentir muy desilusionada —dijo la librera—. Y *Lisana* también se desilusionará.

Trino se dio media vuelta y escupió sobre el torcido pórtico en un montón de barro. Dejó la puerta abierta al calor y al polvo, corrió detrás de los edificios y se encaminó hacia la carretera.

Lo fresco de la librería desapareció en grandes gotas de sudor que le bajaban por la cara y el cuello al llegar a la calle de acceso a la carretera. Respirando ruidosamente aligeró el paso, pero continuó moviéndose aunque lo que realmente quería era sentarse en algún lugar sombreado. El mejor sitio para eso era el parque cerca de la escuela, pero Trino no podía ir allá hoy. Rosca podría estar allí. Esperando.

El muchacho era mayor y más cruel que cualquier otro estudiante del octavo grado. Trino había oído toda clase de historias. La reputación de Rosca era bien conocida en el barrio, y Trino sabía que no quería ser el próximo muchacho vestido de negro en su propio funeral.

Capítulo tres
Muchacho casero

Para cuando Trino fijó sus cansados ojos negros en la casa móvil blanca de su familia, el sol se había derretido y vuelto de un color violeta en el horizonte. El estacionamiento de las casas móviles se llenaba con el ruido de la música tejana que salía de algún radio, una señora gritaba "Meeri . . . lena", como si fuera el aullido de un gato y un chico daba alaridos entre cinturonazos y cinturonazos. La música de dibujos animados estalló a través de la rasgada malla de la puerta de la casa móvil cuando Trino la abrió y entró.

Gus, Beto y Félix estaban sentados en la alfombra raída frente a la televisión, compartiendo un repollo. Gus tenía que agarrar el repollo con sus dos manitas para poder jalar un pedazo antes de que Beto con sus dedos sucios arrancara un pedazo. Luego Félix se lo quitaría a Beto antes de que su hermano pequeño agarrara otro mordisco y enterraría sus dientes en las capas del repollo. Comían sin quitar los ojos del reptil robótico que agarraba a los fulanos de rostros acartonados. El programa de dibujos animados sin color, se movía en ondas y desaparecía como pulgas en la mugre. La televisión había sido una ganga de veinte dólares en la tienda de segunda mano.

—Hola Terrino, ya era hora. ¿Dónde diablos estabas?

—Garcés estaba acostado en el desteñido sofá café, su gran estómago salía por entre la camiseta de los Dallas Cowboys que llevaba puesta. Tenía los ojos rojos e hinchados, fijos en la televisión, mientras bebía sorbos de una lata de cerveza.

—Me ocupé —dijo Trino, y luego golpeó con su mano un costado de la televisión, esperando que aclarara la imagen para sus hermanos. Funcionó, justo en el momento en que pasaban una propaganda de hamburguesas, recordándoles a todos que los niños estaban comiéndose un repollo.

—¿Hiciste algo de dinero hoy? —preguntó Garcés mientras eructaba ruidosamente.

Aunque Trino hubiera tenido suerte no le hubiera dicho nada a Garcés. Garcés era un holgazán que debía levantar su inmenso trasero e ir a ganar algo de dinero.

—¿Cuánto ganaste *tú* hoy? —dijo Trino y se aseguró de bloquearle la vista al gordo al pararse tras sus hermanos.

—Nadie me recogió —Garcés agitó su peludo brazo—. Muévete. No puedo ver la tele.

Ningún hombre que necesitara un trabajador escogería a un borracho como Garcés. Tampoco a un chico como Trino. Trino meneó la cabeza mientras se dirigía hacia el área de la cocina. El fregadero estaba lleno de platos sucios, al igual que los mesones laterales. Por todas partes deambulaban pequeñas hormigas que se deleitaban con la leche derramada, chorros de huevo endurecido y algo de color castaño oscuro que tenía un aspecto repugnante. La alacena estaba prácticamente vacía. No había platos sólo un tarro de café, una bolsa de harina de maíz y unas latas sin rótulos. Un marcador negro las titulaba como especiales de diez centavos, cuando su madre traía esas latas a casa nadie quería comerse lo que había dentro.

En el pequeño refrigerador Trino vio una botellita de plástico con agua amarillosa y un frasco de medio galón con un poco de leche en el fondo. En los cajones encontró una lechuga marchita, dos zanahorias, una papa y una bolsa de plástico con unas tortillas duras. En un estante, detrás de una bolsa con unas rebandas de pan, encontró un tazón de frijoles. Estaban tan secos y duros como un tazón de piedras. Con razón sus hermanos habían agarrado el repollo.

Trino cerró la puerta, mordiéndose la parte interna de la boca. Nunca sintió que vivía peor que los perros de los callejones hasta que Garcés se fue a vivir con ellos hacía un par de meses. Garcés le recordó a su madre que era primo, y le dijo que los chicos necesitaban un hombre en la casa y que él a su vez necesitaba un lugar "por una semana o dos" hasta que llegara su cheque del seguro.

—Entonces lo compartiré con la familia de mi primo y comeremos como gente rica.

Cuando el cheque no apareció Garcés dijo que buscaría un trabajo como obrero, pero si ganaba algún dinero, éste se iba en comprar cerveza y a veces una barra de chocolate expirado que sus hermanos pequeños debían dividir en tres partes. Últimamente Garcés se comía toda la comida mientras Trino, Félix y Beto estaban en la escuela y Gus en la casa vecina.

—Oye, no seas avaro —gritó Félix y le quitó el repollo a Beto. Puso el repollo debajo de su camiseta y dijo por encima del hombro—, Trino, un muchacho te estuvo buscando. Vino tres veces. El miserable quería entrar a cerciorarse —dijo Garcés gruñendo desde el sofá. Continuó con una serie de maldiciones, y se ufanó diciendo que había despachado al muchacho asegurándole que había sido luchador profesional.

Trino se pasó las manos por la cara. *Rosca sabe donde vivo. Nunca podré librarme de él.* ¿Seguro que estaría allí esa noche?

—¡Tengo las manos llenas! ¡Alguien abra la puerta! —la madre de Trino llamó en voz alta antes de que él la viera manipulando la cartera y dos bolsas en sus brazos. Félix empujó la puerta, casi tumbándola. Apenas puso un pie adentro Beto y Gus se colgaron de ella pidiéndole algo de lo que llevaba en la bolsa.

—¿Compró caramelos? —preguntó Gus, jalando la cartera negra de su madre.

—¿Compró refrescos? —Los dedos de Beto se enterraron en la bolsa blanca, tratando de averiguar qué había adentro.

Félix golpeó ligeramente la cabeza negra de Beto con uno de sus dedos. —Déjala entrar, estúpido.

—Estúpido, ¿por qué no tomas una de las bolsas y le ayudas? —dijo Trino mientras agarraba el brazo de Gus y el hombro de Beto, y alejaba a sus hermanos de su madre. Tomó la bolsa que quería Beto y la lanzó a los brazos de Félix, luego se llevó la otra hacia la mesa.

Puso a un lado dos cajas vacías de cereal, una caja sin galletas y más platos sucios para hacerle espacio a las bolsas en la mesa de madera rodeada de cuatro sillas metálicas que no hacían juego.

—¡Ay, Dios mío! Qué calor —dijo su madre a quien la quisiera oír. Puso la cartera encima del refrigerador y se acercó a la mesa rodeaba por los chicos—. ¿Garcés, llegó el correo? ¿Te llegó algo?

Preguntaba lo mismo todos los días y cada día Garcés decía, "Mi cheque llega mañana, prima, y comeremos como gente rica". Garcés se enderezó, y con un sonoroso gruñido, se levantó del sofá y se dirigió al baño.

Trino sabía que Garcés se iba para que su madre no le pidiera explicaciones de por qué no hacía nada en la casa. En su lugar le gritó a sus hijos por ser perezosos. Trino había oído lo mismo muchas veces en los últimos dos meses.

—¡Ay! miren este lugar. ¿Ninguno de ustedes puede pasarle un poco de agua con jabón a esos platos? ¿Ninguno puede botar una caja vacía? Yo trabajo muy duro y ninguno de ustedes ayuda. —Sus ojos oscuros se posaron en el rostro de Trino por más tiempo que en el de los otros.

Ni siquiera esperó a que le respondieran antes de darle un palmetazo en las manos a Gus, pellizcar a Beto en el brazo y darle un empujón a Félix. Trino se apresuró a caminar alrededor de la mesa antes de que lo alcanzara y empezó a recoger cajas desocupadas para botarlas.

Mientras caminaba hacia el cuarto de atrás, ella empezó a desabotonarse la camisa azul almidonada que junto a unos pantalones negros usaba para limpiar las habitaciones del motel. —Hoy conseguí un trabajo para servir en la recepción de una boda. Me dará un poco de dinero extra para los zapatos nuevos de Gus.

—¿Nos hace la cena primero? —preguntó Beto, sus ojos negros aún aguados por el doloroso pellizco de su madre.

—Claro que sí, estúpido —dijo Félix—. ¿Para qué crees que compró todo esto? —Empujó a sus hermanos de vuelta a la televisión—. Miren los dibujos animados para que Trino pueda limpiar.

—Y tú te vienes para acá y empiezas a lavar los platos —le dijo Trino a Félix, al ver que el chico se sentaba con sus hermanos. Félix miró a Trino con una mirada matadora y se levantó. Pero en lugar de ir al área de la cocina, su delgado cuerpo corrió hacia la puerta y salió.

Normalmente Trino hubiera corrido detrás de Félix y le hubiera pegado hasta que llorara como Beto, pero si Rosca todavía andaba por los alrededores era mejor que Trino se quedara adentro. Félix debía saberlo también y por eso el perezoso chico salió corriendo.

—Esta noche te quedas aquí y cuidas a tus hermanos, ¿me oyes?

La madre de Trino volvió a entrar al cuarto abrochándose una bata rosada. Se había recogido el cabello en una rizada cola de caballo que mostraba aún más su cansado rostro moreno. Últimamente se veía mayor que Tía Sofía, su hermana mayor que tenía cincuenta años.

—Tengo que estar de vuelta en el hotel a las nueve. Me dijeron que podía dormir en la bodega. —Caminó derecho al fregadero y abrió la llave del agua. Dejó que el agua corriera mientras buscaba en la bolsa una caja de fideos y una lata de leche—. Así no tengo que pagar un taxi. Trino, espero que te quedes aquí hasta que yo regrese mañana.

A Trino no le importaba quedarse en casa esa noche, sólo que no tenía idea si Rosca decidiría regresar. ¿Entonces qué? ¿Enviaría a Garcés detrás de él? Rosca haría menudo de Garcés y luego iría tras Trino.

Mientras su mamá lavaba los platos y hacía la comida, Trino mataba hormigas con el dedo pulgar y limpiaba el mesón. Félix regresó justo a tiempo para que su mamá le diera la basura y le ordenara que la llevara al contenedor. Garcés no salió del baño hasta que el olor a tocino, fideos, gorditas y frijoles lo llevaron directo a la mesa. Incluso cuando Beto necesitó ir al baño Garcés le había dicho que orinara en un arbusto detrás de la casa móvil.

Garcés se rascaba y eructaba. Se sentó en una silla que parecía que se iba a deshacer bajo su pesada carga. Olfateó ruidosamente, puso las manos sobre la mesa y esperó a que le sirvieran. Trino sabía que su madre no comería lo suficiente debido a la bocota extra sentada a la cabecera de la mesa. Cuando ella puso un plato frente al cuerpo sudoroso de Garcés, Trino se preguntó una vez más por qué no le pedía al hombre que se fuera.

Trino se sirvió la comida directamente de la estufa al plato y se fue a sentar al otro lado de la mesa pues Garcés a menudo se servía del plato más cercano a él.

—¿Félix, dónde estuviste tanto tiempo con el tarro de la basura? —dijo su mamá al ver entrar al chico. Le estaba sirviendo la comida a Gus en una charola frente a la televisión.

Félix dejó caer el bote de plástico junto a la estufa y se secó las manos en los pantalones. —Estaba conversando con Nacho y Carla. Alguien le robó a don Epifaño.

Trino había estado echándose cucharadas de fideos a la boca hasta el anuncio que hizo su hermano. De pronto sintió que alguien lo tenía amarrado del cuello y apretaba.

—Lo golpearon con un tubo. Dijo que fueron tres muchachos —dijo Félix mientras su madre le entregaba el plato de comida. El chico se dirigió hacia el sofá, sin duda para poner su comida fuera del alcance de Garcés.

—¿Está vivo don Epifaño? —Su madre hizo la señal de la cruz sobre su pecho y sus hombros.

—Eso creen, dijo Nacho que la policía había estado en la casa de don Epifaño todo el día.

—¿Adónde vamos a ir ahora a jugar videos? —preguntó Beto. Estaba sentado junto a Trino, pero la silla de metal era tan bajita que lo único que se podía ver de Beto eran su pelo negro y sus ojos. Estaba mordiendo una gordita y comiéndola en pedazos.

Trino alzó los hombros, manteniendo los ojos sobre el plato.

La tienda de Epifaño era sólo un hueco en la pared. Uno pocos comestibles, cerveza y refrescos y cuatro máquinas de videos en un pequeño cuarto detrás de la máquina de hielo. A Trino le gustaban poco los juegos, pero era fácil sacudirles las patas a las máquinas y conseguir unos juegos gratis.

Hoy había ganado un juego de Koper Killers y había llegado casi al punto de obtener el mayor puntaje. Pero Zipper y Rogelio querían irse. Se había despedido de ellos concentrándose sólo en los pequeños luchadores en la pantalla.

No tenía idea cuánto tiempo había jugado hasta que oyó ruidos de puños y golpes que venían de la parte delantera de la tienda y no del juego. Trino salió corriendo del cuarto, se paró cerca del congelador justo a tiempo para ver a Rosca descargar un tubo sobre la cabeza del viejo Epifaño. El hombre canoso sangraba por la cabeza y por una cortada en el pecho.

Los ojos de Rosca y los de Trino se encontraron por un segundo antes de que Trino corriera del congelador a la puerta. Lo único que logró oír detrás de él fue el estrellar de cristales al romperse la ventana del frente. El tubo ensangrentado cayó a unas pulgadas de los pies de Trino.

Trino no tenía idea qué buscaban Rosca y su pandilla en la tienda de don Epifaño, pero ahora estaban detrás de él y Trino ya no tenía lugar para esconderse. Hoy se había escondido en la librería, ¿pero qué haría mañana?

—Terrino, si no vas a comer dame tu plato —dijo Garcés en voz alta, su brazote estirado hasta el otro lado de la mesa.

De pronto un tenedor grasoso se enterró al lado de la mano de Garcés. El brazo se recogió como una cascabel. El hombre se metió los dedos en la boca y los chupó, mirando a su prima con los ojos rojos muy abiertos.

—Deja a mis muchachos comer su cena. Ellos la necesitan, Garcés. —La madre de Trino apuntó con el tenedor al primo de su marido. Ella había ocupado la silla junto a él—. Si tienes hambre, necesitas comprar carne y no cerveza cada vez que consigas dinero.

Trino quería felicitar a su mamá pero en vez de eso empezó a comer la cena que ella había preparado para su familia. Con la misma valentía que su mamá había mostrado, Trino quería enfrentársele a Rosca, decirle que Trino Olivares no era un soplón. Si pudiera mantenerse al margen hasta que todo se calmara, tal vez Rosca se daría cuenta por sí mismo.

Había pocos lugares donde Rosca no lo encontraría. Hoy había tenido suerte al encontrar la librería, y hasta que encontrara una mejor opción iba a ser el mejor lugar para pasar el tiempo. ¿Qué le diría a la librera? ¿Otro trabajo escolar? Aunque su estómago se estaba llenando, Trino sentía la cabeza como si trajera el estómago vacío.

Capítulo cuatro
Un trozo de vida

Debía haber sido una noche ideal para que Trino durmiera bien. Pudo acostarse en la cama de su madre en lugar de compartir una con Beto. Aunque Gus estaba ahí, el niño casi no se movía durante la noche, no como Beto que se retorcía y pateaba dormido como si lo fuera a agarrar una pandilla. Garcés se había ido con dos hombres y no había vuelto. Esto quería decir que sus ronquidos no mantendrían despierto a Trino.

Sin embargo, cada vez que alguien pasaba cerca haciendo crujir la grava, o las luces de un vehículo se reflejaban en la pequeña ventana de la casa móvil, el corazón de Trino empezaba a latir con fuerza. Se sentaba en la cama, luego entreabría las persianas torcidas para ver si reconocía a alguien acercándose a la casa. Se levantó tres veces para asegurarse que la puerta estaba bien cerrada. Finalmente sus ojos se cerraron sólo para abrirse repentinamente ante la luz del día que penetraba por las ventanas.

Trino se sentía adolorido y cansado mientras caminaba descalzo por la sala. Todo parecía estar en calma, inclusive se sintió a salvo. Como Garcés no estaba en el sofá, Trino se dejó caer sobre éste y se estiró.

Cuando volvió a abrir los ojos Beto y Gus estaban con las manos metidas en una caja de cereal que masticaban mientras miraban dibujos animados en la televisión. Los niños sólo llevaban su ropa interior blanca.

Trino se sentó y miró a su alrededor. —¿Dónde está Félix?

—Todavía está durmiendo —dijo Beto y se echó a la boca un puñado de cereal. La mitad cayó sobre su barriga y después a la alfombra. Todo lo que caía lo volvían a recoger para ponerlo en sus bocas.

Un poco más tarde Félix entró al cuarto, sólo para poner la cabeza entre los brazos y quedarse dormido, sentado a la mesa. Una vez que Trino se sentó con el cereal y un poco de leche le dio un puntapié a las piernas de Félix.

—Despiértate. Oscar llega a las diez.

Félix levantó la cabeza y miró a Trino de reojo. —Siento que no puedas venir, la esposa de Oscar cocina muy bien y la televisión funciona mejor.

—¿Si todo es tan bueno por qué no te quedas a vivir allá? —dijo Trino esforzándose por sonar aburrido—. Si mamá no tuviera que comprarte ropa, podríamos comprar una televisón que funcionara mejor.

Félix insultó a Trino con un dedo, seguido de algunas palabrotas.

Trino siempre sonreía cuando su hermano lo insultaba, lo que significaba que Trino era el ganador pues a Félix no se le ocurría nada con qué contestarle.

—¿Vas a ver a Oscar hoy? —Beto se había arrimado a la mesa llevando un puñado de cereal.

—Qué ti —dijo Félix y le dio un empujón.

—Pero yo quiero ir —dijo Beto, sus grandes ojos negros se pasaban de Félix a Trino. Poco a poco soltó el cereal sobre la mesa—. ¿Por qué Oscar no me lleva a mí también?

—Él es mi papá no el tuyo —le dijo Félix cambiando su tono de voz para jactarse como lo hacía cada vez que

Oscar venía por él—. Tu papá se fue hace tres años. Debe estar en otro lugar y probablemente tiene otra familia.

—¿Por qué no le gustó esta familia? —preguntó Beto.

—Hazle tu estúpida pregunta a Trino. Me tengo que ir a cambiar. —Se paró de la mesa y salió de la sala.

—Ve a mirar los dibujos animados, Beto. Yo tengo hambre. —Trino se llevó a la boca una cucharada de cereal, y luego apoyó su cabeza sobre su mano esperando bloquear la cara triste de Beto con su brazo.

Cada vez que aparecía Oscar, Beto y Gus quedaban confundidos. Cuántas veces había oído a su mamá decirle a sus hermanos pequeños que el padre de Trino había muerto. Que el papá de ellos se había ido con una mujer cuando Beto y Gus eran todavía bebés. Pero el papá de Félix vivía al otro lado del pueblo. Félix tenía que visitar a su papá una vez al mes y nadie más podía ir con él.

Pero hoy no estaba su mamá y Beto todavía estaba en la mesa, recogiendo el cereal y llevándoselo a la boca, uno por uno, como si se fuera a quedar ahí parado hasta que alguien le explicará todo otra vez.

Trino no le habló a su hermano. Finalmente se le acabó el cereal a Beto. Se fue a ver televisión, se sentó junto a Gus y empezó a masticar otra vez.

Cuando Trino oyó el sonido familiar de una bocina acercarse a la casa móvil, Félix ya se había cambiado la ropa con la que había dormido. Se puso unos jeans que vio en un montón de ropa y una camiseta negra que su mamá había encontrado hacía dos días. Alguien la había dejado en una de las habitaciones del motel. Félix salió con el par de jeans que Oscar le había comprado el mes anterior, probablemente esperaba que le comprara más.

—¿Por qué no podemos ir con Félix? —preguntó Beto otra vez, con el rostro pegado a la puerta mientras Félix se iba en la camioneta azul de Oscar.

—Oscar tiene sus propios hijos de quienes preocuparse
—dijo Trino, esperando que esto fuera suficiente para Beto
por hoy.

—¿Podemos ir a jugar videos donde Epifaño? —preguntó Beto volteando la cabeza y mirando a Trino con ojos
tristes.

—¿Tienes dinero? —dijo Trino de mala manera.

—No.

Trino casi no lo escuchó pues el niño bajó la cara y se
alejó despacio. Gus jugaba con un camión con dos ruedas
en la alfombra frente a la televisión. Beto se sentó en el
sofá sin decir nada, las lágrimas corrían por su pequeña
cara morena.

Odio mi vida. Pensó Trino y empujó la puerta de malla.
Dio un portazo antes de sentarse en el escalón de afuera.
Miró a su alrededor buscando algo inusual o una cara
nueva pero se encontró con las mismas casas móviles
destartaladas de los últimos tres años. Vio a otros chicos
de la edad de Beto dándole patadas a una pelota sucia y
se recostó. —Oye, Beto, —llamó—. Flaco y Pete están
jugando aquí.

Trino sintió el borde de la puerta sobre su espalda.
Volteó y vio a sus hermanos, todavía vistiendo sólo la
ropa interior blanca, empujando la puerta para salir.

—¡Oigan! ¡Vístanse! ¿Quieren que los chicos crean que
todavía son bebés? —empujó la puerta y la cerró. Casi de
inmediato apareció Gus vistiendo una inmensa camiseta
que pertenecía a Garcés. Beto salió con un par de shorts y
sin camisa.

—¡Esperen! —Trino agarró a los dos niños por los hombros y los arrastró de vuelta a la casa. Si su mamá llegaba
a casa y veía a los niños así, lo regañaría. Había dicho

muchas veces, "Trabajo duro para comprarles ropa. Espero vérselas puesta".

Trino seguía sentado en el escalón cuidando a los chicos cuando oyó la bocina de un auto. Un vehículo blanco y largo esperaba que los niños se movieran para entrar al campamento. El auto era viejo y necesitaba una mano de pintura. Probablemente su dueño había sido rico alguna vez. El auto avanzó rugiendo hacia la casa móvil de Trino como si fuera a toser algo horrible y después caer muerto.

Trino vio a su madre y al hombre alto llamado Nick dentro del vehículo. Nick trabajaba el turno de la noche en el motel, y algunas veces llevaba a su mamá a casa cuando ella se quedaba a dormir después de trabajar tiempo extra. Por lo general la dejaba y se iba. Esta vez el vejestorio de vehículo paró frente a la casa de Trino.

—¡Oye Trino! Ven a darle una mano a tu mamá —llamó Nick mientras se bajaba del lado del chofer.

¿Cómo se acordaba Nick de su nombre? Se preguntó Trino. Se puso de pie en el momento en que su mamá salía del auto con una caja blanca en las manos.

—Tuvimos suerte —dijo sonriendo. Depositó la caja en manos de Trino—. La gente no quiso los sándwiches que sobraron. También nos dieron la mitad del pastel del novio y media capa del pastel de la novia. Hasta conseguimos dos jarras de ponche.

A Trino siempre le gustaban los pasteles porque los sándwiches siempre estaban blandos y húmedos. Nick le dio otras dos cajas a su mamá y sacó dos jarras de ponche de naranja. Las cogió con una mano y le abrió la puerta a Trino y a su madre para que entraran.

Trino pensó que Nick actuaba como un portero: amablemente abriendo puertas. Nick inclusive esperó cuando vio que Beto y Gus venían corriendo, llamando a su mamá y preguntando qué había en las cajas.

—¿Trajo pastel? —preguntó Beto, corriendo hacia Trino, quien apenas acababa de poner la caja sobre la mesa cuando Beto trató de abrirla.

—Aléjate, muchacho. —Trino agarró las manos de su hermanito y las estrujó lo suficiente para hacer que Beto las retirara—. Mamá no va a dejar que comas pastel ahora.

—Córtale un pedacito —dijo su mamá y se rió.

Trino frunció el ceño. Su mamá le sonrió a Nick quien había puesto las jarras sobre el mesón cerca del fregadero. Nick se rió con la mamá de Trino como si nadie más estuviera en el lugar.

—Yo también quiero pastel —dijo Gus y se subió en una de las sillas de la cocina tan pronto como lo hizo su hermano.

Mientras Trino cortaba el pastel observaba a su mamá y a Nick, tratando de entender por qué el hombre todavía se encontraba allí. Su mamá se fue a cambiar de ropa. Nick se sentó a la mesa y puso a Gus sobre sus piernas. Mientras Beto y Gus comían pastel de chocolate Nick les contaba una historia sobre un gato que había encontrado la noche anterior en el cuarto de ropa del motel. Trino lamió el chocolate del cuchillo y miró mal a Nick para que supiera que no se debía meter con su madre.

Finalmente, su mamá salió vistiendo una camisa de flores rojas y shorts negros. Llevaba el cabello negro suelto sobre los hombros. Sus ojos brillaban como dulces de chocolate. Generalmente cuando llegaba después de trabajar la mitad de la noche, andaba todo el día envuelta en una bata.

—¿Para dónde va mamá? —Preguntó Trino y puso el cuchillo sobre el mesón de la cocina.

—Tengo que comprarle zapatos a Beto. Nick dijo que me llevaría al centro comercial —contestó, caminando detrás de la silla de Nick. Pasó la mano por el hombro de éste y se dirigió al fregadero.

Trinó miró otra vez a Nick. De pie el hombre era mucho más alto que Trino, sentado, el cuerpo de Nick parecía normal. Su rostro no tenía cicatrices ni tampoco había tatuajes en sus brazos, por lo menos de los codos para abajo. Desde que el padre de Beto y Gus se había ido, ningún hombre andaba por la casa hasta que apareció Garcés. Y Garcés no era lo que se podía considerar un hombre.

Trino dio un brinco cuando el dedo de su mamá se enterró en sus costillas.

—Pon atención, dije que voy a llevar a Beto y a Gus conmigo. No te metas en problemas mientras estoy fuera, ¿me oyes? Hoy, camino a casa, pasamos por donde Epifaño. Lo atacaron unos muchachos con cuchillos y un tubo. Es mejor que no vayas por allá, ¿me oyes? —sus ojos castaños se clavaron en él duramente.

¿Sabría algo? Despacio se pasó los dedos por el cabello antes de mirarla. —No sé nada sobre Epifaño. Tengo cosas que hacer hoy, mamá. Vuelvo más tarde. —No tenía planeado salir de la casa tan temprano pero no quería que ella lo siguiera mirando así.

Trino alcanzó a oír decir a su madre —Vuelvo antes de que oscurezca, —cuando la puerta de malla se cerró detrás de él.

Sin pensarlo sus pies lo llevaron a la casa de Rogelio, a unas cuadras de la suya. La mayoría de las casas en la calle Passmore eran viejas, con porches de cemento y columnas de hierro sosteniendo el techo. Algunas personas como la abuela de Rogelio mantenían sus casas limpias y la pintura fresca. Otros vivían en casas sin jardín, sólo basura o fregaderos viejos y estufas en la acera.

—Ay, m'ijo, Rogelio se acaba de ir. Lo mandé a la tienda. Tuvo que caminar al supermercado grande pues hoy no abrieron la tienda de Epifaño —le dijo la abuela de Rogelio.

También intentó en la casa de Zipper pero la mamá de Zipper le dijo que se había ido a trabajar a la llantería. Trino pensó pasar el tiempo allá y tal vez ganarse alguna propina ayudándole al tío de Zipper a cambiar llantas pinchadas, pero no sentía ganas de sudar cambiando llantas sucias.

Dio vueltas por el barrio destrozando palos que le tiraba a los perros de la calle o lanzaba a la acera. Su mente divagaba pensando en el viejo señor Epifaño sangrando en el piso de su tienda, o en los ojos incendiados de Rosca cuando vio a Trino. Luego se veía huyendo de Rosca para caer en las manos de la librera loca. Pensó un poco sobre Lisana y sus amigos. ¿Qué estarían haciendo ahora?

Sin darse cuenta, había caminado casi hasta la parte trasera del supermercado grande. Pensó que podía encontrar a Rogelio. Ahora ya tenía un sitio a dónde ir y alguien a quién encontrar. Como había más sombra cortó por detrás de la tienda, saltando sobre las canastas de la leche, golpeando la pila de cajas de cartón aplanado que habían sido amontonadas y amarradas con cinta de plástico. Le llegó el desagradable aroma a fruta podrida, huevos rotos y carne dañada. El contenedor de basura apoyado contra la pared de ladrillo se desbordaba con los desperdicios y basura de la tienda.

Trino apuró el paso para alejarse del basurero y se disparó hacia la esquina de la tienda sin voltear a mirar.

Corrió derecho y sin mirar hasta que chocó contra el hombro de Rosca. No había tiempo para detenerse, correr o esconderse.

Rosca llevaba una camiseta azul y un trapo empapado en sudor sobre su frente, agarró a Trino como si hubiera caído en una trampa. Le apretó los brazos.

Trino se esforzó por mantener la mirada fija y no quebrarse, aún cuando Rosca gruñó su nombre y zarandeó su cuerpo.

—¿Dónde te habías metido, hombre? Te he estado buscando.

Trino no dijo nada, no se movió, no parpadeó. Trató de pensar.

Otros dos muchachos se pararon detrás de Rosca, pero Trino no los conocía. Los tres no eran mucho más altos que Trino. Tal vez podría ganar la pelea si no lo apuñalaban primero.

Rosca tenía cara de rata, ojos negros pequeños y nariz puntiaguda. Arrimó su cara a la de Trino y le dijo otra vez.

—¿Dónde has estado? ¿Con quién has estado hablando?

—Con nadie —Trino pronunció la palabra muy despacio.

—No te creo. Nadie más nos vio. Si te encuentran pueden venir a buscarme.

—No soy un soplón, Rosca —dijo Trino.

Rosca empujó a Trino contra la pared tan rápido que azotó su cabeza. —¿Cuánto puedes aguantar antes de que empieces a aflojar la lengua? —Unos dedos como garfios se enterraron en sus brazos y un rodillazo le sacó el aire del estómago. Trino explotó en sonoros jadeos y tos.

El miedo de ayer de pronto se convirtió en una pared de ira. Trino se defendió con cada parte de su cuerpo, usando las piernas como si fueran bates en acción, liberando sus brazos y hombros. Rosca no lo podía sostener sin la ayuda de los otros dos chicos. Los tres lo forzaron de vuelta contra la pared. Pero esta vez Trino peleó con más fuerza para soltarse.

—Yo no soy un soplón —dijo Trino otra vez, con voz más fuerte—. No me importa lo que digas Rosca, no tengo ningún motivo para delatarte.

Los ojos de rata de Rosca se quedaron mirándolo fijamente hasta brillar. —¿Me estás diciendo que no tengo que preocuparme de que me delates? ¿Cómo te voy a creer así como así? ¿Cómo si fueras de mi sangre? —Su aliento de rata llenó la nariz de Trino justo antes de que Rosca le diera un puñetazo a un lado de la cabeza.

—¡Oigan! ¡Vayan con eso a otra parte! —se oyó una voz fuerte y airada.

Trino apenas alcanzó a vislumbrar el uniforme café y algo plateado donde se reflejaba la luz del sol, antes de oír las palabras de Rosca.

—Esto no se queda así. Yo sé dónde duermes. —Luego Rosca botó a Trino al piso. Los tres muchachos se echaron a correr y se perdieron detrás del edificio.

Trino se refregó la cabeza. Oyó pasos. Miró por encima de su hombro y vio al uniformado acercarse a él. Se levantó y estabilizó su cuerpo contra la pared por un segundo antes de emprender carrera a través del estacionamiento.

Capítulo cinco
La Canasta de Libros

Trino no volteó a mirar. ¿Y si Rosca y los otros salieran a su encuentro por detrás del edificio y lo atraparan? Del estacionamiento se devolvió hacia su barrio pero de pronto dio media vuelta y corrió en dirección contraria al recordar las amenazas de Rosca. *Esto no se queda así. Yo sé dónde duermes.* No podía irse a casa ahora. Estaría completamente solo.

Corrió varias cuadras, esquivando los vehículos viejos y oxidados abandonados en la calle, las ramas partidas o las bolsas de basura que obstruían la acera. Ignoró los ladridos de los perros y al viejo de la camiseta, sentado en el portal de una casa, gritando maldiciones en español. El cuerpo de Trino estaba a punto de estallar y desparramar el contenido de sus tripas por todas partes cuando se dio cuenta que nadie lo estaba persiguiendo. Aminoró la marcha y finalmente paró de correr.

Para entonces los sitios familiares de su barrio quedaban atrás y todo lo que podía hacer era caminar por los lugares desiertos por los que había corrido ayer. En ese momento el miedo había controlado todo. Había estado tan ocupado corriendo y escondiéndose que no le importaba nada más. Hoy tenía tiempo de pensar en la sed que sentía y cómo el cereal había desaparecido rápidamente dentro de su estómago, dejando sólo el hambre, mucha hambre en su lugar. Y no tenía dinero para comprar algo de comer. Trino pateó la tierra del camino, y una oleada de viento le sopló la tierra en la cara. Se detuvo y se limpió el polvo de los ojos con el borde de la camiseta negra. Cuando los abrió vio unas tiendas borrosas en la distancia. La Canasta de Libros, casi sonrió al reconocerla. La tienda de la esquina seguía viéndose como poca cosa pero Trino sabía que adentro era fresca. Probablemente tenía una fuente de agua para beber, o por lo menos un lavabo en el baño.

De pronto todos los eventos de ayer le llegaron con claridad. Trino se acordó de la librera diciendo que tendría comida para las personas que fueran a oír a un hombre que leería poemas. Había dicho que llegaba a las tres de la tarde. ¿Qué hora sería?

Mientras caminaba hacia el lugar se dio cuenta que había como una docena de autos en el lote de arena frente a las tiendas. Miró para todos lados, tratando de decidir qué hacer. Si toda esa gente estaba en la librería, no sería mucha la comida que podría conseguir. Si el lugar estaba desierto no podría entrar y comer sin que la librera le dijera algo. Se movió por debajo de los árboles de mesquite y observó la librería por un rato más, deseando que el lugar no tuviera tantos objetos frente a las ventanas, no podía ver nada.

Ignoró el rugir de los autobuses que frenaban detrás de él. Fijó con más atención la vista en las ventanas, todavía no muy seguro si debía quedarse o irse. Las voces de un grupo de personas que hablaban a la vez hizo que Trino se volteara. Del autobús de rayas azules y blancas se habían bajado dos chicas y tres chicos que se dirigían en dirección a Trino.

El alivio hizo que el cuerpo de Trino se relajara. Reconoció al grupo de muchachos del día anterior. El único nombre que recordaba era el de Lisana. Se recostó contra el árbol de mesquite y tomó un par de granos secos de las ramas más bajas y los rompió con los dedos.

Las dos chicas le sonrieron pero él sólo le devolvió una tímida sonrisa a Lisana.

—Hola, volviste. —Los ojos castaños de Lisana brillaban al hablarle—. ¿Trino, verdad?

—Sí —contestó. No sabía qué más decir.

La miró de soslayo y alcanzó a ver que vestía una camiseta rosada y pantalones de mezclilla.

Los otros chicos estaban vestidos como él, camisetas y jeans. Nadie se daría cuenta que no estaba con ellos, que no había venido por ninguna otra razón que no fuera la comida gratis.

—Trino, yo soy Janie —dijo la otra chica. Trino reconoció de inmediato el horrible esmalte de uñas verde, porque la muchacha empezó a aletear las manos tan pronto abrió la boca que no volvió a cerrar—. Ellos son Albert y Héctor, y él es Jimmy. Es el hermano de Lisana. No parecen mellizos, ¿verdad? Nunca nadie lo adivina. ¿Viniste a oír al poeta? Yo no sé mucho de poesía, pero Maggie siempre sirve unas galletas y sándwiches deliciosos cuando algún escritor viene a la librería. Si no hubiera comida ni Albert ni Héctor se aparecerían por aquí —apuntó a los muchachos que tenía a su lado.

—Cállate, Janie —dijo Albert, arrastrando las palabras. Era un chico flaco con un círculo de pelo negro liso cayendo sobre el área afeitada alrededor de las orejas—. Entremos, está haciendo mucho calor aquí.

—Vamos, Trino. Te vamos a mostrar el mejor sitio para sentarse —dijo Janie, sonriéndole, y mostrando sus dientes desiguales—. Si no te sientas cerca, alguna gorda se sienta adelante o un hombre alto se pone en tu camino y no te deja ver nada. Eso nos pasó la última vez. ¿Verdad, Lisana? ¿Te acuerdas del fulano del sombrerito rojo que olía a tabaco? ¡Uy!

Trino odiaba a las chicas que hablaban mucho acerca de nada. Se quedó mirando a Lisana sin mover un pie hasta no saber que iba a hacer ella.

Lisana se encogió de hombros, agarró el brazo de Janie y la jaló.

—Albert tiene razón. Vamos adentro.

Trino caminó detrás de los chicos en silencio. No había mucho que decir. Ellos no eran ni parecidos a él, aunque como él iban por la comida gratis.

Cuando Trino entró detrás de los otros, lo primero que notó fue el aire fresco. De inmediato su espalda sudada se desprendió de la camiseta. Entonces se dio cuenta que el cuarto de adelante no era sólo un lugar opaco con luces en forma de jalapeños. Las cortinas de una ventana grande estaban abiertas iluminando completamente el cuarto. Antes no se había dado cuenta que tuviera ventanas, pero mientras seguía a Lisana y sus amigos, vio cortinas abiertas en varias ventanas pequeñas en cada cuarto por el que pasaban.

Hoy otras personas se encontraban ahí. Una señora con dos niños como de la edad de Beto estaban bajando libros de los estantes y mirándolos. Tres chicas de pelo largo y grandes lentes sobre sus narices, parecían ser estudiantes de universidad, se reían en la esquina de otro de los cuartos. Dos hombres que tenían apariencia de maestros y otras mujeres con cara agria de rectores, también miraban libros.

Trino se sorprendió un poco cuando llegó al cuarto de

atrás. La canasta de libros había desaparecido junto con los contenedores anaranjados. Las tablas habían sido empujadas contra los estantes. El lugar se veía más apiñado aunque Trino sabía que se habían sacado algunas cosas. Sin embargo, ahora había un espacio más grande en la mitad del recinto. Una alfombra azul con diseños rojos desiguales cubría el piso donde estaban los *bean bags* y dos cojines negros. Detrás de la alfombra había seis sillas desarmables de aluminio.

Trino no vio nada de comer en el lugar. *Tonta idea el estar aquí.* Volvió sobre sus pasos, moviéndose despacio fuera del aposento, pero un par de mujeres que caminaban por la rampa, lo devolvieron hacia donde estaban las chicas.

Casi aterrizó a los pies de Lisana. Antes de que pudiera decir "lo siento" dos hombres altos vistiendo camisas raras de manga larga que ni siquiera hacían juego, entraron al lugar. Las tres universitarias entraron después de ellos. Un hombre bajito y una mujer con cintas trenzadas en su largo cabello negro, aparecieron detrás de ellos.

—¿Somos los únicos chicos aquí? —dijo Trino. No se había dado cuenta de que hablaba en voz alta hasta que oyó a Lisana reírse.

—Eso no importa. —Dio media vuelta y quedó frente a él—. ¿Has estado alguna vez en un recital de poesía?

Trino movió la cabeza negativamente, —No.

—Una escritora fue a mi escuela una vez pero no entendí lo que leyó —dijo Lisana—. Hablaba de soldados y molinos de viento en alguna parte. Me gustan los libros que hablan sobre las cosas que conozco. Por eso es que me gusta la librería de Maggie. Tiene buenos libros sobre gente como nosotros.

¿Gente como nosotros? Trino metió las manos en los bol-

sillos. *¿Quién quiere leer eso?*

—¿Qué clase de libros te gustan? —Lisana se quitó un mechón de pelo negro de la cara y continuó mirando a Trino mientras hablaba. Le hablaba con facilidad, pero las palabras de Trino salían despacio y rígidas.

—No sé, me imagino que los mismos que a ti.

Lisana rió otra vez antes de decir, —¿De verdad te gusta leer o sólo me lo dices porque sí?

—Sí leo —contestó Trino rápidamente. Esperaba que ella no le pidiera un reporte de un libro o algo parecido.

—¿Ah sí? —Lisana lo miró fijamente, estudiando su rostro como si tratara de descubrir la verdad.

No importaba porque de pronto Janie dijo, —¡Oh! Miren a Maggie.

Se volteó a mirar a la librera que entraba al lugar con otro hombre. El pelo rojo de la librera brillaba aunque se desparramaba en todas direcciones como el fuego quemando un lote desocupado. Sus ojos azules estaban delineados de negro y tenía un color rosa sobre las mejillas. Llevaba puesta una pañoleta de varios colores sobre un vestido verde. Su cinturón parecía tener monedas doradas de cinco centavos ensartadas en una cadena.

—Emilce ya está aquí —dijo la librera en voz alta—. ¿Por qué no buscan un sitio para sentarse?

El hombre llevaba puestas unas botas negras de tacón alto, pantalones de mezclilla holgados y una camisa de rayas azules y blancas. Su cabello parecía ser de paja negra, con una gruesa trenza colgando sobre la espalda. Cuando se volteó para quedar de frente a todos, Trino vio que el hombre tenía un pequeño arete de turquesa en una oreja. Su cara era morena oscura y su nariz parecía haber perdido algunas peleas en su vida. A Trino le pareció que el hombre tendría unos treinta años.

—¿No es muy guapo, verdad? —Trino oyó a Janie susurrarle a Lisana.

—¿Qué esperabas, un personaje de telenovela? —dijo uno de los muchachos, en voz suficientemente fuerte para que Trino oyera.

Trino se tensó cuando los dedos suaves de Lisana tomaron su muñeca, como cuando Beto trataba de coger su mano antes de atravesar la calle. A menudo Trino retiraba la mano de la de su hermano pequeño, pero el toque de Lisana no lo avergonzó, sólo lo tomó por sorpresa.

—Ven —le dijo—. Acerquémosnos.

Trino realmente quería quedarse donde estaba, cerca de la salida, pero todos empezaron a agolparse. Era preferible encontrar un sitio lejos de toda esa gente rara, y mejor aún, sentarse con Lisana.

Janie y los otros chicos se habían movido a una esquina de la alfombra azul, cerca de la mesa floreada.

A Trino nunca le había gustado sentarse adelante, las maestras siempre te llamaban primero. ¿Sería lo mismo aquí?

Una vez que Lisana se sentó, Trino se movió detrás de ella tan lejos como pudo, hasta que sintió que los estantes se le enterraban en la espalda. Se relajó un poco cuando una señora jaló una de las sillas de metal hacia la alfombra cerca de donde ellos estaban. Se podía esconder detrás de la silla, esperaba que nadie se diera cuenta si se quedaba dormido.

Pensaba que se aburriría cuando la librera empezó a hablar, pero Trino sintió curiosidad acerca del hombre. La librera había dicho que los padres de Emilce Montoya eran trabajadores migratorios. Montoya había estado un corto tiempo en prisión y ahora era profesor en la universidad.

Montoya posó su mirada oscura sobre las personas en el recinto, como si tratara de adivinar lo que estaban pensando. Trino agachó la cabeza de inmediato. La cara de rata de Rosca, el rostro ensangrentado de don Epifaño, la cara triste de Beto y la mirada de Emilce Montoya se mezclaron en sus pensamientos.

De pronto, una voz oscura, profunda, capturó la atención de Trino. Levantó la cabeza y observó a Montoya empezar a leer de un pequeño libro blanco. Su poema era una combinación de español e inglés, palabras de la gente del barrio.

¿Por qué nuestras palabras se desparraman por las calles cubiertas con la sangre de nuestros hermanos? Garabateadas en las paredes de las cárceles, pintadas en las cercas, nuestras palabras son marcas huecas.

Montoya levantó la barbilla quedando a la vista su rostro desigual. Paró de leer del libro pero continuó recitando el poema, como si las palabras fueran parte de la conversación entre él y todos los que estaban en el cuarto. Habló sobre sus vecinos en el barrio, describiendo su sufrimiento en una forma que Trino pudo ver su propia vida. Mientras Montoya recitaba "*The word, the word...*" Su voz se convirtió en un murmullo, la mente de Trino hacía eco de las palabras.

Luego vinieron los aplausos y de repente Trino sacudió la cabeza para sacarse el sonido de la voz de Montoya. Miró a Lisana quien asentía con la cabeza mientras aplaudía.

Montoya leyó otro poema que a Trino no le gustó mucho. Estaba lleno de nombres de gente que él no conocía. Luego siguió otro poema, uno acerca de ir de finca en finca recogiendo papas y cebollas, eso le hizo sentir ira.

Después Trino descubrió el sentido de humor de Montoya cuando éste leyó el poema titulado, "Huevos días" sobre la mañana en que él y su hermano salieron a robarse los huevos de las gallinas tratando de que éstas no los picaran o los cogiera la escopeta del dueño de la finca. Leyó un poema sobre la sagacidad de sus abuelos que tituló "Abuelos" y leyó otro poema, "Raspa Reruns", describiendo sus recuerdos de cuando comían raspas frías y rojas. Estos recuerdos le habían llegado a Montoya cuando estaba acostado en una litera en la cárcel sudando el calor del verano.

Trino miró a su alrededor, todos aplaudían otra vez. La librera sonreía mucho, probablemente estaba contenta de que hoy hubiera clientes que compraran sus libros. Lisana le dijo algo a Janie y luego miró a Trino por encima del hombro.

—¿No es asombrosa esta poesía? —dijo Lisana, inclinándose hacia atrás para que él la oyera.

Si ella creía que le había gustado, tal vez esperaría que leyera un libro de poesías. Por lo tanto Trino sólo dijo, —Es diferente a lo que leemos en la escuela.

—Eso es la mejor parte de esto, ¿verdad? —dijo Lisana y volteó la vista hacia otro lado.

Montoya leyó el siguiente poema en español. Sus palabras eran musicales, como los tonos suaves de una guitarra, mientras le rendía tributo a su hermano quien había muerto en la guerra, pero cuyo cuerpo nunca había sido encontrado.

¿Cómo hace una persona para pararse frente a extraños y sacar sus trapos sucios con tanta facilidad? Montoya no era tan inteligente, aunque fuera un profesor universitario. *Nunca les dejes saber tu punto débil.* Trino había aprendido esa lección hacía mucho tiempo.

Hubo una pausa en la lectura de poemas mientras la gente en la librería hacía preguntas. Un hombre extraño quien ni siquiera sabía comprar una camisa con mangas que hicieran juego preguntó algo sobre cómo encontrar "inspiración". Montoya se encogió de hombros y dijo, —Yo encuentro inspiración en todas partes. No le sabría decir dónde encontrar la suya.

—¿Cree que cualquiera puede escribir poesía? —Lisana había hecho la pregunta y no parecía importarle que los adultos la miraran fijamente.

Los ojos oscuros de Montoya se posaron en Lisana por un momento antes de decir —La poesía es sentimiento. Si sabes sentir entonces puedes escribir poesía.

Que respuesta tan estúpida, pensó Trino. *Hay muchas cosas que me hacen sentir mal pero nunca he escrito un poema.*

Lisana sonrió como si le hubiera gustado la respuesta.

Montoya levantó su pequeño libro blanco y dijo, —Quiero leer un poema para la gente joven. Sus vidas hacen la mejor poesía porque ahí es donde está el material bruto, las emociones reales, que hacen que la pelea por la vida valga la pena.

—Sí, claro. —Murmuró Trino, doblando las rodillas hacia el pecho para poner su brazo sobre ellas.

—Este poema se llama "Los del diablo", dijo Montoya—. Lo escribí cuando tenía diez y ocho años.

Carnalito,
tengo que seguir huyendo
de la gente a quien no
le importa si vivo o muero
tengo que seguir huyendo
escupiendo polvo, sudando
de adentro para afuera.

Nunca pedí esta
vida miserable
nunca quise al diablo
mordiendo mis talones.
Está cortando hasta
huesos y sangre
tengo que seguir corriendo.

Mientras Montoya leía el resto de sus poemas, Trino se sorprendía de cómo su vida hacía eco en cada palabra. *Me pregunto si el diablo de Montoya tiene cara de rata,* pensó.

Capítulo seis
Montoya

Después de leer el poema del diablo, Montoya leyó dos poemas que no se parecían a nada que Trino hubiera leído en la escuela. Leyó una extraña rima sobre sexo y el sol del desierto. Otro poema acerca de una mujer sin ojos en Brasil. Dos poemas sobre la vida en prisión, que lo hicieron pensar que la prisión era un sitio en donde nunca le gustaría estar. El último poema fue muy divertido y hablaba sobre la fabricación de la ropa interior y la creación de la poesía.

Una vez que todos aplaudieron, la librera dijo, —Gracias por venir. Emilce estará con nosotros hasta las cinco para contestar más preguntas y firmar libros. Les tengo refrescos en el otro cuarto. Por favor, diviértanse.

Trino se puso de pie tan pronto vio a Jimmy, Albert y Héctor salir del lugar. Como ellos habían estado allí antes pensó que debían saber dónde estaba la comida. Y Trino tenía hambre, aunque no tanta como antes.

Jimmy le señaló a Trino cómo salir del cuarto. Como Lisana y Janie se fueron a hablar con Montoya, Trino se fue por su cuenta.

—Qué evento tan extraño, ¿verdad? Si los muchachos del equipo supieran donde estoy ahora me darían una buena con las toallas mojadas después del entrenamiento —dijo Jimmy mientras caminaban por la rampa detrás de otras personas.

47

—¿Entonces por qué viniste? —preguntó Trino.

—A Lisana le gustan estas cosas y nuestra hermana Abby no la deja venir sola. Héctor y Albert creen que andar por las librerías los hace ver más inteligentes, —Jimmy se rió de su propio chiste.

¿Si Trino tuviera una hermana, estaría dispuesto a ir a lugares estúpidos por su bien? No sabía. Sus hermanos pequeños eran una peste y cada vez que los llevaba a algún sitio, alguno le pedía que le comprara algo que él no podía pagar. Por lo general se las arreglaba para apoderarse de un dulce y metérselo en los jeans antes de que alguien lo viera, pero Beto y Gus siempre querían un juguete y eso sí era algo que no podía guardarse en un bolsillo.

Los cuatro chicos entraron al cuarto de al lado, un patio rodeado de paredes. Sarapes a rayas, un afiche de un jarro con grandes flores y varias figuras de barro decoraban las paredes. Había dos mesas, una con bandejas llenas de galletas mexicanas y pequeños sándwiches como los que la mamá de Trino llevaba del motel a casa. Se sintió desilusionado pues probablemente iba a comer los mismos sándwiches reblandecidos para la cena. En la otra mesa se encontraban: un recipiente de cristal con ponche de naranja y una canasta con tostadas, junto a dos pequeños recipientes verdes llenos de espesa salsa roja.

—¿Cómo puede caber algo en estos platos? —gruñó Albert mientras seguían a otras personas hacia las mesas y levantaban unos pequeños platos de papel, de no más de seis pulgadas.

Trino vio que los chicos cogían dos platos, él hizo lo mismo. Cada uno llenó un plato con sándwiches y galletas y el otro con tostadas y salsa. El único problema era que no había mesas y parado en una esquina con un plato en cada mano era difícil comer. Trino puso un plato sobre el otro y comió de los dos hasta que quedaron vacíos. La charlatana de Janie tenía razón sobre la comida de la librera. Los sándwiches estaban frescos y sabían a la carne que tenían dentro. Las galletas estaban dulces. Trino pensó que antes de irse debía guardar algunas en sus bolsillos para Gus y Beto.

Mientras comía escuchaba a los muchachos comentar sobre un programa que habían visto en la tele, luego Jimmy contó una historia sobre el señor Cervantes que enseñaba matemáticas a casi todos los del séptimo grado. Cuando Héctor le preguntó a Trino su opinión sobre la gorra roja de Coach Treviño, con la cola de armadillo que salía por el frente, Trino se dió cuenta de que Héctor estaba en su clase de historia en el tercer período.

Nunca había estado con un grupo de chicos que tuvieran tanto de qué hablar. Su amigo Zipper no decía mucho y Rogelio generalmente repetía lo que los otros decían. Trino hablaba poco, pero dentro de su cabeza retumbaban las palabras como una tormenta en la distancia.

Al momento de volver a la mesa de la comida, aparecieron Lisana y Janie. Lisana llevaba en su mano uno de los libros blancos de Montoya, sus ojos parecían cristales y sonreía como si se hubiera encontrado dinero en la acera.

—Mira lo que escribió Emilce en mi libro —Lisana habló en un rápido susurro antes de abrir el libro y leer, —A una joven poeta, Lisana, cuyas palabras la llevarán tan lejos como el volar de sus sueños. —Fijó los ojos en Trino como si esperara que él también se emocionara—, Y luego firmó su nombre. ¿No es estupendo?

—Estupendo —Trino dijo, pensando que sonaba como Rogelio.

—Le dije que viniera a conocer a mis otros amigos

—dijo Lisana, todavía sonriéndole a Trino—. Debes hablar con él, Trino. Es muy amable.

¿Qué se le dice a un poeta? Trino miró su plato vacío. Era el momento perfecto para irse. Ya había comido suficiente y no estaba lejos de la salida. Pensó decirle a Lisana que esperaba verla en la escuela, pero no quería parecer estúpido frente a todos. Quizás saludaría a Héctor en clase la próxima semana para saber dónde se juntaban durante el almuerzo.

—Tengo que irme —le dijo Trino a Lisana—. Tengo cosas que hacer.

—¿Tienes que irte? —Sus ojos se opacaron mientras suspiraba—. Qué pena, pero me alegra mucho que hayas venido hoy.

Hablaba con mucha sinceridad. Trino nunca había conocido una chica como ella. Por lo general lo insultaban o actuaban como si no existiera. Hablaban como Janie o se reían como burros. ¿Por qué Lisana sería tan diferente?

Trino dio un paso atrás, y golpeó un bote de basura de plástico. Tiró el plato adentro, deseando poder beberse un vaso de ponche, pero sabía que debía irse mientras pudiera. Ya se disponía a salir cuando Jimmy le dijo —Nos vemos —y Albert dijo—, ahora te buscaré en la escuela, hombre. —Y Héctor—, Nos vemos en clase de historia. —Janie sólo se rió con una risa tonta, pero Lisana dijo—, Espero verte el lunes en la escuela, Trino.

La linda sonrisa de Lisana lo hizo sentir como no se había sentido en mucho tiempo. No esperaba que un grupo de personas llenara el estrecho pasillo hacia el mostrador y la puerta de salida. Alrededor de seis personas hacían fila para comprar libros y la librera se tomaba su tiempo con cada uno de ellos. ¿Y si lo viera salir sin haber comprado nada? No podía ser tan ilusa como para creer que todos iban a comprar un libro hoy, pero Trino no quería hablar con ella.

Decidió buscar una puerta trasera. Debía haber alguna forma de sacar la basura. Pasó rápidamente por el siguiente cuarto. Lisana y sus amigos no lo vieron pasar. Se dirigió al lugar donde estaban los libros ilustrados. Se detuvo y observó el recinto con más cuidado pero sólo había estantes en las paredes.

Sin pensarlo, se dirigió a la rampa y se encontró otra vez en el cuarto lleno de libros y con la última mujer hablando con el poeta. Ambos iban hacia la salida del recinto, probablemente adonde estaba la comida.

Trino se hizo a un lado, esperando desaparecer dentro de los estantes y filtrarse por entre las paredes. *¿Para qué vine aquí?*

Montoya se detuvo junto al cuerpo tenso de Trino y le dijo a la mujer —Nos encontramos enfrente en un minuto. Se me olvidó algo sobre la mesa.

La señora le sonrió a Montoya y a Trino y subió por la rampa, apretando contra su pecho uno de los libros de Montoya como si fuera una protección o algo así.

Qué raro, es sólo un tonto libro.

—¿Te devolviste a conversar conmigo? —La voz de Montoya tenía un tono curioso. Levantó una ceja al mirar a Trino.

—No. —Trino miró a Montoya de arriba a abajo tal y como lo había hecho con Rosca—. Estaba buscando la puerta de atrás.

—¿Por qué? ¿Te robaste algo? —preguntó Montoya.

—¡No! —Trino sintió la cara caliente y roja—. No me robé nada. No hay sino libros en este lugar. ¿Para qué los querría?

—¿Para qué necesita libros alguien?

—Usted lo ha dicho. Nadie necesita libros. Yo, al menos, no.

Montoya se devolvió despacio y se encaminó hacia la mesa floreada de la esquina.

—Yo también pensaba que los libros eran tontos. Eso fue antes de que aprendiera a leerlos. —Tomó de la mesa una copia de su libro, dio media vuelta y miró a Trino—. ¿Sabes leer?

Qué pregunta tan tonta.

—Claro que sé leer.

—No, hombre. ¿Sabes cómo leer? No es sólo conocer las letras y sonidos, sino adentrarse en las palabras y descifrar lo que te dicen. ¿Puedes leer así?

Trino estiró los puños a lo largo de su camisa negra, —¿Qué importa?

—Importa cuando un sujeto te pide que firmes un papel y de pronto te lleva a la cárcel. Importa cuando una mujer te pide que firmes algo y de buenas a primeras te encuentras con que a tus niños los va a criar otro hombre como si fueran sus hijos. Si no sabes leer, hombre, la gente te dice lo que debes pensar, y te repite que no puedes hacer nada más que limpiar baños el resto de tu vida. Por eso importa, hombre. —Montoya enrolló el libro blanco entre sus manos.

Trino vio la hilera de cicatrices, su áspera piel morena y sus largos dedos. ¿Habrían sostenido esas manos alguna vez un cuchillo o un arma? ¿Se habrían cerrado alrededor del cuello de algún hombre?

—Te voy a decir algo que nunca nadie me dijo, hijo. Si eres inteligente y aprendes a leer nadie te quitará lo que es tuyo, porque sabrás más que ellos. Sabrás cómo proteger lo que más quieres.

Las palabras de Montoya hicieron que Trino sintiera

como si estuviera tratando de mirar a través de una ventana sucia, sin poder ver nada. Observó a Montoya de soslayo como si pudiera ayudarlo a ver mejor.

—Toma. Lee esto. Empieza aquí, con mis palabras. —Montoya extendió una de sus delgadas manos y le dio un libro—. Trata de descubrir lo que te dice este libro.

Trino dio un paso atrás. —No tengo dinero. Es mejor que busque a otra persona que le compre su libro.

—No entiendes, hombre. Te estoy dando *mi* copia. —Extendió más el brazo—. Está un poco usado y tiene otros escritos pero te lo puedes llevar.

—No quiero su libro.

—¿Por qué? ¿Crees que la poesía es para gente rara? —Por primera vez el rostro de Montoya mostró enojo—. O tal vez alguna maestra te dice cuál es el mensaje que debes pensar para que puedas contestar un estúpido examen y ella pueda conservar su trabajo. Eso no es poesía. —Golpeó el borde del libro contra su pecho—. La poesía viene de adentro de nosotros. Se escribe para hablar sobre nuestras vidas y nuestros sentimientos. Es algo con que los hermanos se pueden conectar no importa si están en la escuela o en la cárcel. Yo lo he visto. —Le extendió el libro otra vez—. Es un regalo de un hombre moreno a otro.

Por primera vez Trino pudo leer las palabras negras sobre la portada blanca: *Enciende el interruptor.*

—¿Trino? Creí que ya te habías ido.

La dulce voz que sonó detrás de él le era familiar, pero no se alegró al oírla. Volteó despacio y vio la mirada de curiosidad de Lisana. Todavía sostenía el libro de Montoya contra su pecho. Y ahí estaba Montoya extendiéndole el mismo libro a Trino.

—Espera. —La potente orden hizo que Trino volteara a mirar.

Montoya sacó una pluma de su bolsillo y abrió la portada del libro. Tachó algo escrito en la parte superior y luego lo miró. —¿Trino, ah? —Y escribió algo en la página de adentro, pero Trino no pudo ver bien las palabras.

La firma del libro duró lo suficiente como para que a Trino se le revolviera la comida en el estómago. Finalmente Montoya terminó de escribir y cerró el libro. Dio un paso adelante y lo puso en la mano de Trino, —Ahora éste es tu libro. Si lo tiras a la basura o lo lees sólo porque tuviste que, es tu decisión, Trino.

Trino apretó el libro en sus manos. *¿Qué pasa si leo esto? ¿Y si no?* Volteó a mirar a Lisana quien se mordía el labio mientras los observaba.

Montoya se encogió de hombros, luego caminó en silencio por la rampa.

—Extraño hombre —Trino dijo finalmente, una vez que el hombre estaba fuera de alcance.

Lisana frunció el ceño. —¿Te dio su propia copia del libro y lo único que puedes decir es que es un hombre extraño? ¿Cuándo fue la última vez que recibiste algo así de bueno, y gratis?

Por el tono de su voz Trino se dio cuenta que estaba disgustada, pero se sentía demasiado confuso como para que le importara.

—Tengo que irme —dijo, y salió por el mismo camino que Montoya. Tenía el libro apretado en su mano. Si la loca de la librera le preguntaba dónde lo había conseguido, o lo acusaba de habérselo robado, le diría dónde se podía meter el libro. Montoya podría hacer lo mismo.

Esta vez Trino se abrió camino por entre la gente en la parte delantera de la tienda para poder irse lejos del lugar, tanta gente lo había confundido. *Los libros no le sirven para nada a una persona como yo.* Y el que llevaba en su mano sudorosa no era diferente.

Vio a la librera observarlo cuando pasó, pero continuó caminando hasta que sintió la manija en su mano, le dio vuelta y se encontró con el aire caliente pegándole en la cara.

No se detuvo hasta que llegó al árbol de mesquite, allí tuvo que detenerse para leer lo que Montoya había escrito en el libro.

Primero había dibujado una línea sobre su firma. Debajo había escrito:

> *Trino*
> *No dejes que el hombre mueva el interruptor*
> *y te fría. ¡Lee el libro!*
> *Emilce Montoya*

Trino levantó la vista y vio un bote de basura abollado cerca del estacionamiento. Quiso tirar el libro y olvidarse de él, pero no pudo. Y no supo por qué.

Capítulo siete
Garcés

Trino tomó el camino más largo para ir a casa. Pensaba mucho en Lisana, y un poco en los amigos de ella. Algunas veces también en las palabras de Montoya, o en recordar las amenazas de Rosca.

Antes pensaba que tenía la vida más aburrida del mundo. Los últimos dos días habían sido una locura, una verdadera locura. Con todo lo que le estaba pasando, cosas en las que se vio involucrado por accidente. Tendría que tener cuidado. Era como caminar por entre un campo de nopales.

Al día siguiente había escuela. Tendría la posibilidad de ver a Lisana. También vería a Zipper y a Rogelio. ¿Qué les diría? No les podía decir nada sobre Rosca y Epifaño, no les podía contar nada sobre la librería, o sobre la lectura de Montoya. Sería lo mismo de siempre con los muchachos, reírse de los chicos extraños, tratar de sacar algo de la máquina de los refrescos cuando la maestra no estaba mirando, o sentarse en algún lugar masticando zacate.

Trino ahora dudaba de su aburrida vida. Odiaba los problemas con Rosca, pero el hablar hoy con los otros muchachos, el oír las historias que Montoya decía en sus poemas y el conocer a una chica como Lisana, habían renovado su vida. No estaba dispuesto a dejarlo ir.

Metió la mano al bolsillo de los jeans y sacó el libro de Montoya. Leyó otra vez las palabras que Montoya había escrito sólo para él. *No dejes que el hombre mueva el interruptor y te fría.* Sin darse cuenta Trino asintió con la cabeza dándole la razón.

Trino oyó los gritos de su madre a través de la puerta de malla mucho antes de subir los escalones. Sonaba muy enojada. Por lo menos no lo podía culpar a él.

Abrió la puerta y entró silenciosamente, pasando por detrás de su madre, quien estaba de pie junto a la mesa de la cocina, moviendo los brazos mientras soltaba palabras iracundas. Encima de la mesa vio las cajas blancas que había traído del motel, abiertas y vacías. Trino frunció el ceño. ¿Quién se había comido toda esa comida?

Claro que sabía y miró a Garcés quien sudaba sentado en el sofá. El hombre todavía tenía chocolate en una de sus mejillas sin afeitar. Su camiseta manchada parecía un estropajo con el que se había limpiado los dedos sucios. No parecía hablar mucho mientras la mamá de Trino le gritaba.

—Traje esa comida para los muchachos, Garcés, y tú te la comiste. Ni siquiera les dejaste unos sándwiches para la cena. ¿Cómo puedes ser tan marrano?

Garcés sólo suspiró, sus ojos rojos parecían dos tomates magullados. —Cálmate, prima. Un hombre tiene que comer.

—¿Qué hombre? —Escupió las palabras como si le estuvieran quemando la lengua—. No veo más que a un borracho gordo quien ha estado durmiendo en mi sofá, sin hacer nada para ayudarle a su familia a conseguir algo de comida para poner en la mesa. Garcés, quiero que te vayas de inmediato. —Apuntó con el brazo a la puerta—. Saca tu ropa y sal de mi casa.

—No me digas que me vaya, prima. Somos familia.

—Mamá dijo que te fueras, Garcés. Ahora sal. —Trino había observado en silencio, pero ahora que su madre había dicho las palabras que Trino había esperado oír por dos meses, quería asegurarse de que Garcés se fuera antes de que su mamá cambiara de parecer y decidiera darle otra oportunidad.

—No te metas en esto, muchacho. No es de tu incumbencia. —Su cara morena estaba en llamas y tenía un tono rojizo que lo hacía un poco más peligroso. Pero cuando trató de pararse, sus piernas gordas le fallaron. Volvió a caer sobre el sofá con un gruñido y un eructo.

—Trino está aquí para ayudarme a echarte. Y si no te vas, llamo a la policía, Garcés, y les digo que me robaste dinero. —Luego volteó a mirar a su hijo—. Anda y saca la ropa de Garcés del cuarto de atrás. Voy a buscar una bolsa para echarla —le dijo.

Trino no perdió tiempo buscando los pocos pantalones y camisas rotas que Garcés guardaba en el piso del closet de la pequeña recámara que Trino compartía con sus hermanos. Estaba contento de poder deshacerse del olor a sudor de Garcés de una vez por todas. Cuando volvió a la sala con la ropa en sus brazos, Trino estaba listo para sacar a Garcés él mismo. Si Trino tenía la fuerza de inclinar una máquina de refrescos para que soltara el dinero, sabía que podía empujar a Garcés puerta afuera si era necesario.

—Yo iba a compartir mi cheque contigo, prima. Ahora no recibirás nada. Nada de nada.

Increíblemente, Garcés ya estaba de pie y se encaminaba hacia la puerta.

La madre de Trino murmuraba maldiciones mientras tomaba la ropa de Garcés y la echaba en una bolsa negra de basura. Cerró la bolsa y la tiró en las manos del hombre. —No vuelvas por aquí, Garcés. Diré toda clase de cosas para que te metan a la cárcel. ¿Me oyes? No vuelvas. —No volveré. Cuando llegue mi cheque voy a darme la buena vida, prima. Tú y tus muchachos también tuvieron la oportunidad de hacerlo. Ni modo.

Cuando el obeso hombre se movió para pasar por la puerta, Trino tuvo ganas de darle un puntapié en el trasero para sacarlo más rápido. En lugar de eso, Trino se deleitó con el sonido de la puerta cerrándose con fuerza. Se sonrió al ver a Garcés irse, tambaleándose sobre la grava en el estacionamiento mientras se iba.

—¡Ay, ay, ay! ¿Ahora que voy a hacer para la cenar? —suspiró su mamá. Trino volteó y la vio dejarse caer en una de las sillas de la cocina. Apoyando el codo sobre la mesa se refregó la frente con la mano.

De pronto, Trino se dio cuenta de que el lugar estaba muy silencioso. —¿Dónde están Beto y Gus? —le preguntó a su madre, y sin pensarlo empezó a recoger las cajas blancas de la mesa.

—Nick los llevó a tomar un refresco. Dijo que me los quitaría de encima para que pudiera hacer algunas cosas por aquí. Garcés arruinó todo. Le iba a decir a Nick que cenara con nosotros.

Trino estrujó una de las cajas en sus manos. ¿Quién era ese tipo Nick? ¿Otro Garcés comiendo gratis lo que era de ellos?

—No tenemos nada para nosotros. Dígale a ese hombre que vaya a comer a otro lugar. —Recogió las otras cajas, las retorció y tiró todo al fondo del bote de la basura junto a la estufa.

Cuando Trino volteó, vio algo que hizo que se le enfriara la piel.

Su mamá se secaba las lágrimas que corrían por su rostro.

Trino nunca había visto llorar a su madre.

Ella gritaba, maldecía, golpeaba, daba las miradas más terribles del barrio, pero aún en los peores momentos, nunca había llorado. ¿Por qué ahora?

Trino se quedó ahí parado, sintiéndose como un idiota sin saber qué hacer o qué decirle a su madre. Sus hombros delgados temblaban. Parecía estar concentrada en un sitio invisible en la mesa mientras las lágrimas seguían corriendo por su rostro. Se preguntó qué estaría pensando, su cara lucía muy triste. Él siempre había sabido qué hacer cuando ella gritaba o trataba de darle unas palmadas. *Salir corriendo tan rápido como pudiera.*

En lugar de salir corriendo Trino sintió el deseo de acercarse a su madre. Si sólo supiera qué decirle o qué hacer. Tal vez traerle un vaso de agua, aunque fuera sólo para mantener sus pies en movimiento y sus manos ocupadas.

Cuando puso el vaso de agua sobre la mesa, su madre puso una mano húmeda sobre la muñeca de Trino. Trino casi dio un brinco.

—Gracias, mi'jo. —Le apretó la muñeca con firmeza.

—¿Está bien, Mamá? —Trino apenas oía su voz carrasposa.

—Él ha sido un muy buen amigo. Ahora se va.

—¿Quién se va? —preguntó Trino, asustado de que su mamá estuviera hablando de Garcés.

—Nick. Encontró un trabajo nuevo. No va a trabajar más en el motel. —Su madre soltó la mano de Trino y levantó el vaso de agua. Tomó un sorbo y volvió a poner el vaso en la mesa—. Nunca había conocido a un hombre como él. Es muy amable y siempre piensa en los demás antes que en él.

Trino frunció el ceño. *¿Por qué es todo tan absurdo y confuso hoy?* El impulso de salir corriendo lo tentó, pero no podía hacerlo. Se sentó en la silla frente a su madre. Ella levantó los ojos y lo miró. Lágrimas y rimel se mezclaban debajo de sus ojos. —Estoy contenta de que Garcés se haya ido. Debía haberse ido hace mucho tiempo —dijo.

Trino sintió alivio con el cambio en la conversación hacía uno del que sí podía hablar. —Garcés era un flojo.

—Seguro que lo era, pero es familia. Creí que debía ayudarle. —Sus ojos empezaron a secarse mientras hablaba con Trino—. Era primo de tu papá, quien una vez me contó que Garcés le había salvado la vida. Pensé que tenía que pagarle por eso.

Trino se encogió de hombros. Esa historia explicaba muchas cosas pero a Trino no le interesaban ninguno de los dos hombres. No había conocido a su padre, y Garcés no tenía ninguna cualidad qué respetar.

El cuerpo se le endureció cuando su madre le pasó los dedos por la barbilla.

—Te pareces a tu papá. Caminas igual que él. —Le sonrió un poco, pero sus ojos café todavía estaban tristes—. Pero no eres como él. Él siempre buscaba pelea. Cuando me casé con él creí que era valiente. Cuando murió, poco tiempo después, decidí que no lo era. —Dio un suspiro y se paró.

Era más de lo que nunca le había dicho sobre su padre, más de lo que quería saber. El hombre había desilusionado a su madre, y no se necesitaba ser un genio para darse cuenta de que las cosas no habían mejorado con los hombres que vinieron y se fueron dejándola con Félix, Beto y Gus.

El ruido de llantas sobre la grava hicieron que Trino dejara de pensar en los problemas de su madre y se parara de la mesa. Se asomó por entre la malla de la puerta. El viejo carro de Nick se estacionaba frente a la casa móvil. Se bajó y desabrochó los cinturones de Beto y Gus que estaban en el asiento de atrás.

—Mamá, mire lo que nos compró Nick. —Los ojos oscuros de Beto brillaban de emoción cuando entró corriendo—. ¿Ve mis carros nuevos? Mire, mire.

Gus venía detrás, sosteniendo un camión verde en cada mano. —¿Ve mamá? ¡Tuc¡ ¡Tuc!

Los dos niños agitaban los juguetes mostrándoselos a su madre, luego se fueron a la alfombra a hacerlos correr y a hacer ruidos de motores y de choques cuando los vehículos se volteaban.

Trino pasó de sentirse contento por sus hermanitos a sentir resentimiento hacia el hombre moreno y alto que entraba a la casa trayendo una bolsa de papel bajo el brazo. *Usted hizo que mi mamá llorara. Ni siquiera mi papá hizo eso.*

—Nick, no has debido comprar los juguetes. Ya es demasiado. Nos llevaste de paseo y nos compraste pizza en el centro comercial.

A pesar de lo que habían hablado, Trino vio un brillo en los ojos de su madre, el mismo brillo con el que sus hermanos mostraban lo emocionados que estaban con sus juguetes nuevos.

—¿Qué hay en la bolsa, Nick? —preguntó ella.

—Bueno, ese sitio de barbacoa, al otro lado de la heladería, olía tan delicioso que tuve que comprar unas pocas salchicas y costillas. Hay suficiente para alimentar-me a mí y a tres chicos hambrientos. ¿Qué dices, María? —Nick bajó la mirada con una sonrisa, extendiéndole la bolsa con sus largos brazos.

La cabeza de Trino batallaba con su estómago. No quería que Nick se quedara e hiciera sentir triste a su mamá, pero las salchicas y las costillas olían mejor que lo que había comido en semanas.

—Será agradable cenar con un amigo —le dijo su madre a Nick.

El hombre no paraba de hablar mientras el resto comía la jugosa carne, frijoles al horno, pan y ensalada de repo-llo. Nick contaba muchas historias que hacían reír a Beto, a Gus y a su mamá.

Trino estaba contento de que Nick hubiera traído la barbacoa.

Más tarde, cuando su mamá salió a despedir a Nick, Trino hubiera querido asomarse a ver por la ventana. Su mamá estuvo afuera con él por un largo rato. Beto y Gus ya estaban dormidos, al igual que Félix quien había vuel-to de la casa de su padre con cinco dólares en el bolsillo pero sin nada de dinero para su madre.

Trino hubiera dormido en el sofá pero aún tenía el olor de Garcés. ¿Por cuánto tiempo apestaría? Dormir con Beto era como una pelea de lucha libre, pero el niño olía mejor. Por entre la ventana abierta de la pequeña habitación, Trino oyó la voz suave de su madre y la voz profunda de Nick. Eran esos largos períodos de silencio que hacían que Trino se sintiera inquieto y triste.

Pero ni aún así escribiría un poema sobre esto, pensó antes de quedarse dormido.

Capítulo ocho
Amigos

Trino se deslizó en la rayada silla del auditorio, apoyó el codo sobre el brazo de madera y recostó la cabeza contra su mano. Dos veces al mes la señorita Juárez, la directora de la escuela, llamaba a asamblea durante el segundo período y hablaba una eternidad sobre cómo mejorar las calificaciones y evitar las ausencias. Por lo menos había evitado el tener que oír al señor Cervantes tratar de explicarles fracciones a un grupo de tontos que no lograba entender que las rebanadas de un pastel y los números pueden representar lo mismo.

—Hola, agarraron a Fabián y a Bobby escupiendo por las escaleras —murmuró alguien.

Han estado haciendo eso por semanas. Dime algo que no sepa.

De pronto todos los estudiantes alrededor de Trino empezaron a aplaudir. Levantó la cabeza lentamente para mirar, y luego se enderezó en la silla cuando vio a la chica caminando por el escenario hacia la directora.

La señorita Juárez le dio la mano a Lisana y luego le dio un sobre blanco.

—¿Qué está pasando? —Le preguntó Trino al muchacho sentado junto a él.

—Esa chica es la estudiante más destacada del mes. Se ganó una pizza.

¿Pizza? Si yo fuera un buen estudiante querría cien dólares.

Pero continuó observando a Lisana quien sonreía y agitaba el sobre para que todos lo vieran, y luego salió del escenario.

Lisana parecía muy enojada cuando Trino la dejó en la librería. ¿Cómo lo recibiría si se encontraban a la hora del almuerzo? Tal vez el haberse ganado la pizza la tendría de buen humor.

—Tenía la esperanza de que la señorita Juárez siguiera hablando hasta el tercer período —dijo un chico al terminar la reunión caminando unos pasos detrás de Trino.

Trino se encaminó hacia la clase de historia. Por encima del hombro reconoció a Héctor, el amigo de Lisana.

—Sí, yo también.

—¿Crees que Coach nos cuente otra historia sobre Cabeza de Vaca? Si el nombre de mi familia fuera Cabeza de Vaca trataría de que me adoptaran —dijo Héctor.

Trino se encogió de hombros, pero sonrió con el comentario. Héctor era un poquito más alto que Trino, grande pero no gordo. En clase, por lo general, se sentaba en la parte de adelante y contestaba las preguntas de Coach cuando nadie levantaba la mano.

Sin embargo, esta vez Héctor siguió a Trino hacia la parte de atrás del salón de clase y se sentó frente a él, en el último asiento de la segunda fila.

—¿Crees que Coach nos vaya a hacer una prueba hoy? —preguntó Héctor.

Trino se encogió de hombros, se deslizó en el asiento y puso la cabeza entre los brazos.

Un inesperado golpecito en la cabeza hizo que Trino levantara la vista. Zipper se sentó en el pupitre frente a él y se volteó a hablar con Trino. A pesar del calor, Zipper llevaba puesto un chaleco de cuero con varios bolsillos de cierres plateados, sobre su camiseta negra.

—Hola. ¿Por qué no nos esperaste esta mañana? —dijo Zipper.

—Tuve que llevar a mi hermano pequeño a la escuela —dijo Trino, sin querer decirle la verdad. Cuando caminaba con Zipper y Rogelio a la escuela siempre pasaban por la tienda de Epifaño. Pero Trino no quería pasar por ese lugar por lo menos en una o dos semanas. Usaría a su hermano como excusa hasta que todos se calmaran, especialmente Rosca.

A pesar de esto, se decidió a comentar —Oí algo sobre el viejo de la tienda de la esquina.

Zipper dijo, —Sí, yo también.

Trino miró a Zipper, esperando algo más, pero Zipper sólo se quedó ahí, jugando con el cierre de uno de sus bolsillos. Trino volteó a mirar a Héctor.

Héctor asintió con la cabeza como si Trino hubiera hablado primero con él. —¿Estás hablando de la tienda de Epifaño, verdad? Tienes que ver el lugar ahora, pusieron tablas grandes sobre las ventanas. Su hijo . . . tú sabes, el tipo con dientes de conejo, como los del conejo de la suerte . . . dijo que tres muchachos habían golpeado al viejo. Ahora el Dientes de Conejo se lo pasa parado en la puerta mirando a todos con desconfianza, como si alguien fuera tan estúpido como para golpear al viejo y volver a la tienda a comprar un refresco.

—Claro —dijo Trino en voz baja.

—¿Quién te preguntó a ti, Cabeza de Cepillo? —dijo Zipper.

Trino miró a Zipper y a Héctor y luego dijo, —Déjalo en paz.

—¿Qué? —Zipper frunció el ceño—. ¿Él? ¿Qué?

Antes de que Trino alcanzara a decir algo, Coach Treviño entró y anunció que haría una prueba sobre el capítulo cuatro.

Héctor se inclinó hacia Trino y murmuró. —Él siempre pone tres falsas en la mitad y las demás son ciertas.

Trino miró a Héctor.

—Hace los exámenes más fácil de calificar. Todos saben que Coach lo hace de esa manera.

Yo no sabía, pensó Trino.

Cuando terminó la clase de historia Trino quería preguntarle a Héctor sobre Lisana y los demás, pero Zipper se quedó ahí pues ambos tenían que ir a la clase de inglés. Siempre se encontraban con Rogelio y se iban juntos a la clase.

Cuando Héctor se paró y volteó hacia Trino, Zipper dijo, —¿Qué esperas Cabeza de Cepillo?

Héctor alzó los ojos y se fue.

—¿De dónde salió ése? —gruñó Zipper pero Trino no le contestó.

Caminó en silencio al lado de Zipper, fuera de la sala de clases, hacia un ruidoso pasillo. Grupos de chicos se movían como hormigas tratando de llegar a un azucarero. Una chica agitaba un billete de dólar a otra y otros dos chicos trataban de agarrarlo mientras el resto miraba y reía. Unos muchachos trataban de llegar a sus casilleros mientras otros se los impedían. Alguien no vio la puerta de un casillero y todos oyeron el ruido del golpe del cuerpo contra el metal.

Las maestras empezaron a repetir lo de siempre, —Vayan a clase. Vayan a clase, ya.

Rogelio estaba parado junto al bebedor, cerca del salón de la clase de inglés. Sus ojos entrecerrados denotaban sueño, sin embargo, su ropa arrugada parecía que había dormido con ella puesta.

—¿Qué pasa? Te ves terrible —dijo Zipper, dándole un codazo en las costillas.

—Chihuahua —dijo Rogelio y luego miró a Trino—. ¿Qué hay de nuevo?

Trino meneó la cabeza. Y los tres se quedaron ahí sin decir nada, de pie junto al bebedor, esperando a que una maestra les ordenara que entraran a clase.

Trino afirmó los libros en su cadera y se quedó parado, observando a los muchachos ir a los diferentes salones a lo largo del pasillo. El desasosiego lo quemaba por dentro, como si debiera estar haciendo algo en vez de perder el tiempo junto al bebedor. ¿Pero qué?

De pronto, por el pasillo, vio a Lisana y a la tonta de Janie caminando hacia él. Iban con otra chica que Trino no conocía.

Lisana llevaba puesto un vestido azul corto y un par de zapatos negros muy brillantes, como si hubiera sabido que tendría que darle la mano a la directora. Llevaba los libros y carpetas abrazados contra su pecho mientras caminaba con las otras chicas, acercándose al sitio donde se encontraba Trino.

Su corazón palpitó agitadamente como el Ford viejo del vecino cuando le arreglaban el motor. Trino se humedeció los labios mientras miraba a Lisana, esperando que ella lo viera.

Aunque ella estaba hablando con las chicas, sus ojos se paseaban por el pasillo y por un momento se encontró con los de Trino. Mientras escuchaba lo que decía una de las muchachas, lo miró directamente.

Él continuó mirándola, esperando que ella tampoco dejara de hacerlo. Casi sonrió de felicidad cuando Lisana lo saludó con la cabeza y medio le sonrió, era mucho más de lo que él esperaba.

—¡Hola, Chica Pizza! ¿Me das un mordisco? —El comentario de Zipper hizo que la boca de Lisana formara una U al revés.

—¿Me das un mordisco? —dijo Rogelio, siguiendo el ejemplo de Zipper—. ¡Chica Pizza! ¡Chica Pizza!

Las tres muchachas pararon de hablar y los ojos oscuros de Lisana se convirtieron en iracundas balas dirigidas a Trino y a los chicos que estaban con él. Las otras dos muchachas parecían haberse tragado unos jalapeños.

Zipper y Rogelio aullaban como un par de coyotes. Zipper le dio un codazo a Trino como si quisiera recordarle que también debía reírse. Las manos de Trino se empuñaron con fuerza al ver que Lisana empujaba a las otras chicas hacia el salón de clase tres puertas adelante. Se detuvo al entrar y le dio una mirada fatal a Trino.

Trino dio media vuelta empujando a Zipper sobre Rogelio—. ¿Qué les pasa a ustedes?

—¿Qué te pasa a ti? Ella es sólo una de esas estudiosas. ¿Qué te sucede, Trino? —Las cejas café de Zipper bajaron hasta su nariz como cuando se enojaba—. Ella ni siquiera escupiría tus zapatos.

El cuerpo de Trino se puso tenso como un elástico que está a punto de romperse. Quería darle un puñetazo a Zipper y golpear a Rogelio. Sólo la amistad de años lo detuvo. Habían sido amigos desde el cuarto grado, jugando en la calle y buscando centavos en las alcantarillas. Se habían enseñado trucos para sobrevivir y siempre encontraban la forma de reírse de buena gana.

Trino no quería perder la paciencia porque tendría que decirles a los muchachos cómo había conocido a Lisana, y que todo estaba relacionado con Rosca y don Epifaño. *No puedo hablar de eso. Ni modo.*

Despacio soltó los puños y simplemente dijo, —Parece una muchacha agradable. Déjenla en paz.

—Primero el Cabeza de Cepillo en la clase de historia

y ahora esta chica. ¿Qué es esto? Déjenlos tranquilos. Son estudiosos. —Zipper sonaba entre enojado y confuso—. ¿Qué? ¿Quieres ser un estudioso?

—¿Estudioso? —repitió Rogelio.

Trino los ignoró y se fue directamente a la clase de inglés. Se sentó en su lugar de siempre, cerca de la ventana, alegrándose de que en el estúpido diagrama para asignar asientos de la señora Palacios, Zipper y Rogelio quedaban al otro lado del salón. No lo podrían seguir atormentando desde allá.

Sacó un lápiz del bolsillo de atrás de su pantalón y una hoja de papel con la conjugación de los verbos que tenía doblada en el libro de inglés. Empezó a dibujar círculos en el papel.

Trino no podía sacar a Lisana de su mente. No lograba concentrarse en el inglés cuando la señora Palacios les pidió a todos que copiaran las frases del pizarrón. Hizo lo que se le pedía pero nada de lo que escribió en el papel llegó a sus neuronas.

Al final de la clase de inglés, Rogelio y Zipper parecían haberse olvidado de la "Chica Pizza". Los tres muchachos caminaron hacia la cafetería, como de costumbre, Zipper buscaba goma de mascar en sus bolsillos y Rogelio señalaba a los chicos que tenían peinados raros. Trino caminaba tras ellos deseando estar en cualquier lugar que no fuera la escuela, especialmente cuando al entrar a la cafetería vio a Rosca con los dos muchachos que lo habían atacado afuera de FoodMart. Estaban sentados con otros dos estudiantes del octavo grado en una mesa cerca de la máquina de bocadillos.

—No tengo hambre —le dijo repentinamente a Zipper. Extendió la mano hacia la manija de metal de la puerta que acababan de pasar—. Voy a salir un rato.

—Yo no. El almuerzo es la única comida que voy a tener hoy —dijo Zipper, jalando a Rogelio hacia la fila de estudiantes que esperaban su comida.

Trino salió de la cafetería y dio vueltas por el gimnasio de las chicas. Había mesas de cemento afuera donde a veces los estudiosos leían libros mientras los otros chicos jugaban baloncesto en el patio de cemento. Se quedó ahí parado junto a la cerca, observando a los muchachos jugar un rato antes de recostarse contra ésta. Sus ojos se paseaban por los parches de pasto seco alrededor de las bancas.

De pronto la vio. Lisana estaba sentada sola en una de las bancas. En una de sus manos sostenía el delgado libro blanco que Trino reconoció de inmediato. Él tenía uno exactamente igual escondido debajo de una tabla floja en su habitación. Con la otra mano Lisana sostenía su linda cara con el brazo sobre la mesa y la vista fija en la distancia.

Trino la observó por un largo rato, tratando de decidir qué decirle. ¿Hablaría con él si se le acercaba? *Sólo dile hola*, dijo para sí. Con calma. *Dile hola y pretende que no te importa si no te contesta.*

Sentía que las piernas le pesaban mientras caminaba hacia Lisana. Al acercarse, ella bajó la cabeza al libro. Vio que movía los labios moldeando las palabras mientras leía.

—Hola, Lisana —dijo Trino, tratando de mantener el tono de voz. Ni siquiera paró de caminar, como si tuviera que ir a algún sitio y sólo se hubiera encontrado con ella en el camino.

—Trino, hola —su voz sonaba amable—. ¿A dónde vas?

Aminoró el paso, —por ahí.

—¿Por qué estás solo? ¿Dónde están esos changos con los que te vi?

Lisana sonaba como una chica real. El primer impulso de Trino fue el de hacer un comentario sobre los amigos de ella, pero no quiso echar todo a perder. Después de todo ella le había contestado.

—¿Dónde están tus amigas? —preguntó, y se detuvo al otro lado de la banca.

—Están en la cafetería. Algunos días me gusta sentarme a leer aquí. —Dejó que el libro colgara de su mano—. ¿Has leído algunos de los poemas de Montoya?

—Por supuesto, leí algunos. —Pero no se acordaba de nada de lo que había leído. Cuando miró a Lisana vio una sonrisa dibujada en sus labios—. ¿Qué?

Ella se rió, —No creo que hayas leído ninguno de los poemas.

—Bueno, están pasando muchas cosas importantes en mi vida. No tengo tiempo para sentarme afuera y leer poemas como tú. —Odiaba cuando la gente pensaba que era un tonto.

—Mira, siéntate acá. —Ella se corrió hacia un lado en la banca de cemento—. Quiero tu opinión sobre este poema.

Trino frunció el ceño, pero como ella le había hecho un sitio, rodeó la banca y se sentó junto a ella. Sentía los latidos de su corazón palpitando en sus brazos y sus piernas cuando ella se le acercó y puso el libro sobre la mesa, entre los dos.

La brisa llevaba la fragancia del cabello de Lisana directo a su nariz. Olía a flores. Su rostro no tenía granos, sus labios eran de un color rosa pálido. Levantó las cejas cuando se volteó a mirar a Trino.

—¿Qué crees que quiso decir? —preguntó, señalando una línea de palabras en la página.

—¿Qué? —Lo único que sabía era que su suave cabello había rozado su cara cuando lo acomodó detrás de sus hombros.

—Trino, mira. Aquí. Lee esto y dime qué crees que quiere decir —dijo ella.

Trino miró las palabras, mientras se rascaba la cabeza. Eran fáciles de leer, pero no sabía qué querían decir.

—Mira, te lo voy a leer —dijo Lisana con impaciencia—. Maggie dice que la poesía se aprecia mejor cuando se lee en voz alta.

Con tus ojos sobre mí,
soy una persona diferente.
Me siento como cuando
creía que el deseo
de las velas de cumpleaños siempre se hacía realidad.
Si tengo la oportunidad, voy a ser tu amigo.
No quiero comerme mi torta de cumpleaños solo.

Lisana levantó la vista del libro y miró directamente a los ojos oscuros de Trino. —No estoy segura. ¿Es éste un poema de amor o algo que está pasando entre dos amigos? ¿Quiere decir que no cree en los deseos? ¿O este otro amigo lo ayuda a creer en los deseos? No sé. ¿Qué piensas?

Trino alzó los hombros, sintiéndose ridículo hablando sobre lo que ella había leído. —Creo que es un poema sobre amigos. Él usa la palabra *amigo*.

Ella sonrió, y de pronto Trino ya no se sintió ridículo. *Creo que Montoya sabe lo que es que alguien como Lisana aparezca.* Y se encontró devolviéndole la sonrisa. Le pareció lo más fácil del mundo.

Ella le preguntó sobre algunos de los maestros, una

canción que había oído en la radio y habló sobre el equipo de baloncesto de su hermano Jimmy. Al principio, él sólo respondió a sus preguntas, pero poco a poco sintió suficiente curiosidad como para también hacer preguntas. Para cuando sonó la campana anunciando el fin de la hora de almuerzo, Trino sentía que Lisana y él podían hablar de cualquier cosa y ella no se molestaría.

Por la noche, mientras sus hermanos roncaban en la alcoba, Trino se sentó en la mesa de la cocina a revisar otra vez el poema que Lisana le había leído. Susurró las palabras para sí mismo, meditó sobre el poema y pensó en Lisana al mismo tiempo.

Si tengo la oportunidad, voy a ser tu amigo.
No quiero comerme mi torta de cumpleaños solo.

Capítulo nueve
Tiempo relajado

Por mucho que Trino deseó hablar con Lisana otra vez, nada salió bien el resto de la semana. Llovió sin cesar por tres días, y todos se amontonaron en la cafetería durante el almuerzo. Era casi imposible encontrar un sitio dónde comer, y peor aún a alguien especial con quién hablar. Zipper y Rogelio siempre estaban cerca. ¿Qué dirían si les dijera que quería hablar con una chica? ¿Qué importaba? De todas maneras ella no estaba en la cafetería. ¿Iría a la biblioteca durante la hora de almuerzo? ¿Qué pensarían los muchachos si fuera allá en lugar de comer? *¿Qué, te estás convirtiendo en un ratón de biblioteca? ¿Estás loco o qué?*

Trino también tenía que estar pendiente de Rosca, quien seguro esperaba terminar el trabajo que había empezado afuera del FoodMart. Rosca y un trío del octavo grado siempre se las arreglaban para pasar por el pasillo cuando Trino iba de una clase a otra. Trino evitaba mirarlos pero siempre oía el silbido, como el de una serpiente. No importaba cuánto ruido hubiera en el pasillo, ese sonido se escurría por los oídos de Trino, bajaba por su garganta y se le enrollaba en un grueso nudo en el estómago.

Trino evitaba los lugares donde se juntaban los del octavo grado, como detrás del gimnasio de los chicos o el área que quedaba entre el taller de carpintería y los campos. Dejó de beber agua durante el día para no tener que ir al baño en la escuela. No se paraba con Zipper y Rogelio cerca del bebedor entre clase y clase pues esto sólo le daba más sed.

Para el fin de la semana Zipper le estaba haciendo la vida imposible. —¿Qué? ¿Ya no puedes juntarte con nosotros?

Era viernes por la tarde. Trino caminaba rápido, ansioso por alejarse de la escuela. *Por si acaso.* Zipper y Rogelio estaban como moscas zumbando alrededor de una sandía.

—¿Qué pretendes hacer? ¿Quieres ganar puntos con los maestros por llegar a clase temprano? ¿Quieres ganarte el próximo premio de Chica Pizza o qué?

—No tengo ganas de estar parado por ahí —dijo Trino—. Tengo cosas qué hacer.

—¿Cosas? Antes hacíamos cosas juntos —dijo Zipper—. Ahora sólo te vas para la casa. ¿Qué pasa? ¿Te estás escondiendo de alguien?

—¿Escondiéndote de alguien? —repitió Rogelio.

Sí, una rata de cinco patas que me persigue. Trino fijó la vista en el piso, concentrándose en sus gastados y sucios tenis y en las grietas de la acera. —Sólo quiero estar en casa, eso es todo.

—¿Para qué? ¿Para esperar a que tu mamá llegue a casa y te diga que se ganó la lotería? —dijo Zipper y luego escupió en la acera.

—Sí, estoy esperando eso. —Trino sintió la garganta seca.

—Vamos por unos juegos gratis donde Epifaño. Tengo veinticinco centavos para empezar —dijo Zipper abriendo el cierre del bolsillo sobre su cadera izquierda.

—Alguien me dijo que el hijo de Epifaño está encargado del lugar por ahora. Estará pendiente de nosotros todo el tiempo —dijo Trino.

—¿Y qué? Esta vez no le sacaremos un chocolate.

Todavía podemos sacar unos juegos gratis sin que se dé cuenta —contestó Zipper y cuando Trino negó con la cabeza, Zipper se enojó.

—¿Qué te pasa, Trino? ¿Todavía estás molesto porque Rogelio y yo te dejamos solo donde Epifaño la semana pasada? ¿Qué? ¿Querías que me quedara mirando a ver si podías ganarle al último tipo y escribir tus iniciales en la pantalla? Eso hubiera tomado toda la noche.

—Las primeras iniciales en la pantalla eran tuyas. No querías ver mi nombre encima de ellas en la lista de *Kombatants* —le dijo Trino sintiendo que la ira de la pelea del pasado fin de semana se esparcía como fiebre sobre su rostro.

—Te crees muy importante. No podía esperarte toda la noche —dijo Zipper, su voz sonaba seca y desagradable.

—Qué importa —respondió Trino, metiéndose las manos empuñadas en los bolsillos de sus jeans. No tenía ganas de empezar una pelea. Necesitaba mantenerse astuto para Rosca, no podía gastar su energía en Zipper y su estúpido juego de video.

Pero Trino tenía curiosidad acerca de Epifaño. Ayer un vecino le había dicho a su mamá que Epifaño todavía se encontraba mal en el hospital. Le dijo que no podía hablar con la policía todavía y que no habían encontrado a los tipos que lo habían golpeado. *Estará a salvo en el hospital, viejo. Quédese allí por un tiempo.*

Los tres muchachos caminaron sin hablar nada más, sólo pateaban lo que encontraban en la acera. Finalmente todos dijeron. —Hasta pronto, —al acercarse al campamento. Trino atravesó la calle y se fue solo para su casa.

El fin de semana se veía venir como un gran bostezo. Sin planes y sin dinero, se mantendría pegado a la televisión, golpeándola en los costados todo el fin de semana, tratando de encontrar una película que no se viera muy borrosa. Cuando caminaba por la grava del campamento vio a Beto y a sus amigos jugando a la pelota, y deseó volver a ser niño para jugar todo el día.

Cuando entró a la casa móvil, Félix y su amigo Nacho estaban sentados a la mesa jugando con un radio del tamaño de una tostadora tratando de hacerlo funcionar.

—Ojalá tuviéramos herramientas —dijo Félix.

—¿De dónde sacaron eso? —preguntó Trino, encaminándose hacia el fregadero para beber toda el agua que pudiera ahora que no tenía que preocuparse de que Rosca lo asaltara en el baño.

—Encontramos este radio en la basura —dijo Félix—. Si podemos hacerlo funcionar tal vez podamos venderlo.

—Si funcionara, Cabeza de Cepillo, no estaría en la basura —dijo Trino, dándole la espalda a los niños para abrir uno de los gabinetes de la cocina. Buscaba el vaso más grande que pudiera encontrar.

Félix se puso de pie y abrió el cajón donde su mamá guardaba los tenedores. —Creo que si le raspamos algo del óxido que tiene dentro puede funcionar. Tiene un buen enchufe. Al último que encontramos le habían quitado el cordón.

Trino se acordó de cuando él y Zipper andaban por los basureros buscando algo bueno. De vez en cuando encontraban unas monedas o una cachucha de béisbol. También encontraban cosas dañadas como radios que trataban de arreglar. A veces deseaba ir a la escuela para aprender cómo funcionaban las cosas. Entonces podría arreglar cosas y hacer algo de dinero.

El agua de la llave estaba tibia, pero mojaba. Se bebió el vaso de agua de una, y luego lo volvió a llenar y bebió hasta que dejó de sentir la garganta como si fuera una esponja seca. Después del tercer vaso se limpió la boca con el dorso de la mano. Por lo menos podía beber agua e ir al baño tantas veces como quisiera durante los próximos dos días.

Su mamá llegó esa noche del trabajo malhumorada y cansada, enojada con una nueva gerente que la hizo limpiar una habitación dos veces porque uno de los huéspedes había encontrado cucarachas muertas en el lavamanos.

—Debería estar contenta de que estuvieran muertas y no metiéndose en la cama con ella —refunfuñó la mamá de Trino golpeando ollas y sartenes mientras preparaba la cena.

Mamá le gritó a Félix por haber dejado el radio roto en la mesa y a Beto por ensuciar los zapatos nuevos. Después le tocó el turno a Trino echarse en el sofá a ver televisión cuando necesitaba que alguien sacara la basura. Durante la cena se enojó porque a Félix no le gustó la calabacita que había cocinado, y se enfadó con Trino por usar toda la mantequilla en las tortillas. Y el pobre Gus se ganó unas palmadas por derramar leche en el piso.

Así es que cuando el tipo ese, Nick, tocó a la puerta justo cuando habían terminado de cenar, Trino se alegró de verlo. Tal vez le gritara a Nick por un rato y los dejara a ellos en paz.

Su mamá se levantó de la mesa y fue a abrirle la puerta. —No sabía que ibas a venir . . . todavía hay algo de comer en la estufa. ¿Tienes hambre?

—Hola, María. Hola, muchachos. Mmmm, huele bien. —Entró con una sonrisa en los labios, lo cual parecía fuera de lugar después de gritos, palmadas y llantos.

Nick se acercó a la mesa y levantó a Gus en sus brazos. Gus todavía lloriqueaba y se limpiaba las lágrimas de la cara. —¿Qué te pasa?

—¿Quieres comer, Nick? —dijo su mamá, acercándose a Nick y acariciando la espalda de Gus, actuando de pronto con dulzura como una de esas mamás en la televisión.

—Comeré un poco, María. En realidad estaba pensando en manejar a la feria de Perales. El conjunto de mi hermano está tocando allá esta noche. ¿Quieren tú y los chicos acompañarme?

—Ay, Nick, no tengo dinero para llevar a los muchachos a Perales. ¿Cómo se te ocurre? —Volvió a su malhumor otra vez.

—Mi hermano me dio los boletos para el carnaval —dijo Nick—. Y tengo algo extra que me gané cortándole un árbol a mi vecino. Vamos a divertirnos un poco.

—¿Puedo divertirme, Mamá? —preguntó Gus.

—Vamos, Mamá, vamos —dijo Félix al tiempo que Beto dijo— ¿Podemos ir con Nick?

—No conoces a estos muchachos. Ellos quieren comer de todo y yo no tengo dinero, Nick —dijo Mamá como si ya lo hubiera decidido. Empezó a apilar el plato de Félix sobre el de Beto y Gus y los llevó hacia el fregadero.

Trino vio a Nick depositar a Gus en la silla, y en sólo dos pasos, el alto hombre se paró al lado de su madre. Ella les daba la espalda a sus hijos mientras lavaba los platos en el fregadero. Nick le susurró algo y ella con un movimiento de cabeza dijo "No" dos veces. Luego le pasó el brazo por los hombros y acercó su cara a la de ella.

Trino se esforzó por oír lo que Nick decía, pero lo único que oyó fue la risa de su madre. Cuando ella se volteó vio que todavía tenía cara de malhumor.

—Si vamos con Nick será mejor que no los oiga llorar

por cosas para las que no tengo dinero. Nick sólo tiene unos pocos boletos. Él ha sido muy amable al pedir que lo acompañemos. Van a hacer lo que él les diga —les dijo, apuntándoles con el dedo alrededor de la mesa.

¿Hacer lo que diga Nick? Trino miró al tipo recostado contra el fregadero, actuando como si fuera alguien especial porque tenía unos cuantos boletos gratis.

—¿Por qué no te vas a cambiar, María? —dijo Nick al darse cuenta de la mirada de Trino, mientras le devolvía la mirada sin pestañear—. Los muchachos y yo recogeremos la mesa y lavaremos los platos rápido. ¿Verdad, muchachos?

No era que Trino nunca hubiera arreglado y lavado platos. Lo que pasaba era que Nick había hecho planes y esperaba que ellos saltaran cuando él lo decidiera. *¿Quién se cree que es este tipo?*

Trino se paró de la mesa. —Yo me voy a quedar en casa, Mamá. Tengo cosas que hacer. —Claro que era mentira, pero quedarse en casa era mejor que estar con ese tipo.

—¿Cosas? ¿Cómo qué? ¿Qué tienes que hacer esta noche? —le preguntó su mamá poniéndose la mano en la cintura como cuando la profesora le preguntaba por qué llegaba tarde.

—Zipper y yo tenemos planes, eso es todo —respondió Trino empezando a sentir una picazón que le subía por la espalda—. Vamos a juntarnos en la casa de Rogelio.

—¿Andar por ahí? Eso es todo lo que hacen. Lo único que vas a sacar es meterte en problemas como esos muchachos donde Epifaño, ¿y luego qué? No, tú vienes con nosotros. Puedes cuidar a tus hermanos. ¿Qué tal si Nick me pide que baile una cumbia? —La Señora Malhumor se volteó hacia el Señor Boletos Gratis y le sonrió.

Bruscamente dijo—. Y busca unas camisetas limpias para que se pongan tus hermanos. No quiero que Nick se avergüence si nos encontramos con su hermano esta noche.

Trino se sintió como si estuviera en la cárcel. Todos le daban órdenes y él no podía hacer nada.

Durante los cuarenta minutos de viaje a Perales, un pequeño pueblo conocido nada más por sus grandes mosquitos, Trino quedó atrapado en el asiento de atrás del automóvil blanco de Nick, entre Beto y Félix, quienes se movían de un lado para otro. Y Gus no podía decidir si sentarse en el asiento de adelante con mamá y Nick o en el de atrás, por lo que terminó deslizándose sobre las piernas y pies de Trino. Luego se paró encima del estómago de Trino para treparse y devolverse al frente. Nick contó chistes estúpidos y sólo puso la radio en estaciones de canciones mexicanas viejas.

Nick por fin entró a un estacionamiento cercado donde ya había como cien vehículos. Un viejo con una linterna le pidió dos dólares, y luego le apuntó hacia un hombre flaco con una linterna que acomodaba los vehículos.

Los sonidos del carnaval se mezclaban con los de los carros tratando de entrar al estacionamiento. La noche olía a los gases de los vehículos, a palomitas de maíz, a perros calientes y a tierra mientras Trino y Beto caminaban detrás de Félix y Gus hacia la luz de neón roja, verde y azul de los juegos que daban vueltas y vueltas. Miró por encima del hombro y vio que Nick iba cogido de la mano de su madre. *Qué importa.*

—Es el Zoomer, Trino —Beto dijo, jalando la camiseta de su hermano mayor.

—Sí, lo es. —Los ojos negros de Trino se voltearon

hacia el inmenso aparato que daba vueltas en círculos que se intercambiaban, dejando a los pasajeros en las jaulas blancas dando vueltas al revés, moviéndose de un lado para el otro y en espirales alrededor de los rieles. *Pero siempre cuesta muchos boletos, hermanito.*

Acababan de pasar por la entrada cuando alguien los llamó para que probaran un juego de dardos. Otro hombre señaló a Nick y le juró que con esos músculos podía tumbar las botellas de leche de madera y ganarse un peluche para su niño. Carros cuadrados, con brillantes pinturas de perros calientes chorreando mostaza, algodón de dulce en forma de conos y otras deliciosas y olorosas comidas aparecían por todas partes.

El lugar estaba lleno por lo que Trino mantuvo su mano firme sobre el cuello de la camiseta azul de Beto. Cuando Beto empezaba a desviarse detrás de algún juego, Trino lo jalaba y lo devolvía a su lado.

Le hubiera gustado tener algo de dinero para poder disfrutar de verdad del carnaval. Nick había sido un estúpido al traer a Beto y a Gus porque ellos querían todo lo que veían. Gus ya estaba en brazos de Nick, gimiendo por un perro caliente y Beto saltaba pidiendo un boleto tan pronto vio los juegos.

Nudos de jóvenes hacían fila para entrar a subirse en los juegos que te dejaban mareado o te subían bien alto y después te soltaban a toda velocidad. Los niños pequeños jalaban a sus padres hacia esos juegos que no hacían nada más que dar vueltas en círculo. Cada uno parecía tener su propia música saliendo a todo volumen por entre los parlantes, mezclándose con los otros ruidos que retumbaban en la cabeza.

Trino soltó a Beto cuando Nick estuvo de acuerdo en dejarlos usar cuatro boletos en un tren fantasmal. El tren entraba y salía de una casa móvil negra en la que estaban pintados colmillos blancos y ojos morados. Como Félix todavía tenía los cinco dólares que le había dado su papá el domingo anterior, quiso montar en uno de los aparatos más rápidos.

—Puedes ir y mirar, pero Trino . . . anda con tu hermano. Y no vayan a ningún otro lugar que no sean los juegos del carnaval. ¿Me oyen? —dijo su mamá. Miró a sus dos hijos mayores y luego de vuelta a la casa móvil negra. Nick les ayudó a Beto y a Gus a entrar a uno de los vagones del tren.

Trino no quería quedarse ahí con Félix, especialmente cuando Félix iba a acaparar su dinero y no lo iba a compartir. Sólo que Trino tampoco quería quedarse con su mamá y Nick. De manera que siguió a Félix usando el hombro y el codo para abrirse paso por entre el revoltijo de gente ahí parada, mirando a los otros gritar a todo pulmón en los diferentes juegos.

Afortunadamente su hermano llevaba puesta una camiseta roja que le permitía ver a dónde iba, aún cuando un par de chicas o los chillidos de los que montaban los juegos lo hicieron parar un momento y mirar a su alrededor.

Cuando llegaron al final de la hilera de juegos, Félix dio media vuelta y esperó a que Trino lo alcanzara.

—Creo que voy a montar en el *Zoomer*. No hay ningún otro que quiera probar. —Félix habló fuerte por encima del ruido a su alrededor.

—¿Vas a gastar todo tu dinero en un sólo juego? —dijo Trino, frunciéndole el ceño a su hermano.

—No vale cinco dólares montar en el *Zoomer* —respondió Félix—. Tú y yo podemos subir por cinco dólares.

Trino sonrió. —Gracias, hermano. No sabía que querías comprarme un boleto.

Félix le dio a Trino una mirada fatal. —Claro que no. Sólo por que tengo un papá que me da dinero . . . De pronto, un fuerte empujón envió a Félix encima de Trino, haciendo que los dos muchachos se fueran para atrás.

A pesar de que se resbaló sobre el zacate, Trino se mantuvo de pie y conservó el balance. Se agarró de Félix, jalándolo hacia un lado sin importarle que su hermano cayera sobre su trasero. La pura imagen de Rosca y la de otro muchacho de cara ancha y morena, hizo que Trino agarrara a Félix y lo empujara detrás de él.

—He estado buscándote, muchacho —dijo Rosca, haciendo retumbar las palabras al arremeter contra Trino y agarrándolo de la camiseta negra con cada mano—. ¿Quién hubiera adivinando que finalmente te encontraría en Perales?

Capítulo diez
Zoomer

Sólo tomó unos segundos antes de que Trino reaccionara. Levantó el puño y lo estrelló contra los hombros de Rosca.

—Suéltame, Rosca. —Si iba a caer, caería peleando, de eso estaba seguro.

—Tenemos cosas que arreglar, Trino. Aquí y ahora mismo. —Rosca lo agarró con las manos, jalando y apretando la camiseta de Trino alrededor de su cuello—. No vaya a ser que me acuses con la policía.

—Ándate, Félix, ándate —gritó en voz alta y airada—. ¡Ándate de aquí! ¡Ya!

Pero el chico gordo agarró a Félix y le puso un brazo alrededor del cuello. Con el otro brazo presionaba con fuerza el estómago de Félix.

Félix hizo un sonido como el de un perro cuando se atora con un hueso.

Aunque Trino se había asustado aquel día donde Epifaño y durante la huida más tarde, ahora estaba más asustado por Félix que por él. ¿Cómo lo iba a hacer para que ambos pudieran soltarse? ¿Tendría Rosca a los otros muchachos esperando alguna señal para que se les unieran?

Los próximos segundos fueron una mezcla de gruñidos y maldiciones, jalones y de pronto libertad. El chico gordo estaba sobre su estómago comiendo tierra. Félix con los ojos muy abiertos y sin poder hablar, estaba ahí parado, solo. Unas manos grandes habían jalado a Rosca, separándolo de la camiseta de Trino como si fueran palancas. Rosca se fue para atrás y luego se lanzó hacia delante, pero una mano morena y firme lo empujó otra vez hacia atrás. La cara de rata de Rosca mostraba sorpresa y hasta miedo. Un fuerte apretón se aferró al hombro de Trino.

—¿Qué está pasando aquí? ¿Qué estás tratando de hacerle a mis muchachos?

La voz era familiar, aunque ronca y airada.

Nick se paró al lado de Trino y habló con la respiración agitada. —¿Trino, conoces a estos muchachos?

Tuvo que levantar la cabeza para hablarle a Nick. Bajo las luces de neón que iban y venían de los juegos, el hombre se veía más alto que nunca. Su rostro oscuro, enjuto, hacía de Nick un hombre con quien no te quieres meter.

Trino tampoco quería meterse con Rosca por lo que se hizo el tonto.

—Yo. . . yo no los conozco, Nick. Me confundieron con alguien más, creo.

Nick agarró a Félix y lo acercó a él. Luego le dijo a Rosca, —No te metas con mis muchachos. Ándate de aquí y no quiero volver a verte por aquí. ¡Ándate! ¡Lárgate!

El otro chico se levantó despacio. Rosca emitió un gruñido antes de levantar el brazo y mostrarle un dedo a Nick. Les dio la espalda y desapareció detrás de los baños portátiles. El chico de la cara ancha corrió a alcanzarlo.

Trino se pasó la mano por entre su pelo negro y suspiró, unos cuantos insultos resbalaron despacio por su boca. ¿Pasaría el resto de su vida esperando a que Rosca apareciera y lo matara?

—¿Están bien, muchachos? ¿Qué pasó? —preguntó Nick frotando el hombro de Trino con una mano.

—Nada. —Trino se separó de él. Estaba agradecido con el hombre por haber aparecido en ese momento pero odiaba que lo acariciaran—. Sólo aparecieron. No se preocupe por eso.

—Pero, Trino. Oí que decía tu nombre —dijo Félix, paseando la mirada de Nick a su hermano.

Los ojos de Trino se entrecerraron al mandarle a su hermano un silencioso "cállate". —Dije que sólo aparecieron. No son nadie. Olvídenlo que ya pasó. —Pero dentro de su cabeza Trino sabía que era diferente.

Nick dio un paso adelante para quedar frente a frente.

—¿Estás en algún problema, Trino? —Su voz era tranquila ahora—. No soy tan viejo como para no acordarme cómo son los muchachos. Sólo que hoy ustedes se metieron en algo peligroso donde podrían haber salido heridos. No me gustaría que nada de eso les sucediera.

—Yo puedo cuidarme. ¿Qué estás haciendo por aquí? ¿Dónde está Mamá? —dijo Trino, haciendo preguntas para desviar la atención de él.

Nick se pasó la mano despacio por la barbilla antes de contestar. —Está con los niños. Yo vine a buscarlos a ustedes. Pensé que necesitarían algunos boletos. —Hizo una pausa—. O tal vez algo de dinero . . .

—No necesitamos nada de usted —dijo Trino. Nick sólo quería ganar puntos con Mamá.

—Yo quiero unos boletos —dijo Félix—. Quiero montar en el *Zoomer*.

Traidor, pensó Trino, y dio media vuelta para irse. Félix y Nick lo siguieron. Él los ignoró, acelerando el paso por entre la multitud como si tuviera que ir a algún lado. Sentía como si todo a su alrededor se hubiera estropeado con la aparición de Rosca. Ni siquiera podía salir con su familia sin encontrarse en aprietos. *La vida es terrible, realmente terrible.*

Una mano presionó su hombro y se puso rígido. *Esta vez le diría a Nick que tomara los estúpidos boletos y se los metiera en . . .*

—Hola, Trino. Nunca pensé encontrarte aquí.

Al voltear se encontró con Lisana. Detrás de ella estaban su hermano Jimmy y Héctor, quien se había alejado de Trino en la clase de historia desde que Zipper lo había ahuyentado.

—Hmm . . . Hola . . . Hola. —Trino sintió la cara caliente. Se quedó mirando a Lisana por un momento, luego volteó la cabeza hacia los muchachos—. ¿Qué hay de nuevo?

—Esperamos para entrar al *Zoomer* —dijo Jimmy—. ¿Ya te subiste?

Trino echó un vistazo y vio el inmenso juego a su izquierda y la cola de muchachos y algunos adultos que daba la vuelta alrededor de la taquilla de boletos como una serpiente. Meneó la cabeza y dijo, —No. He subido antes pero no aquí.

Lisana alzó sus cejas café. —¿De verdad da mucho miedo? Yo nunca me he subido en ese juego. Fue idea de Jimmy y de Héctor. No mía.

Trino quiso hacerla sentir mejor. Inclusive sonrió cuando dijo, —Da miedo pero es muy divertido. Te va a gustar, Lisana.

—¿Te subirías conmigo? Jimmy y Héctor pueden subirse juntos. —Le frunció el ceño a su hermano—. No quiero que se burlen de mí cuando empiece a gritar.

Jimmy y Héctor se empezaron a reír. Lisana les sacó la lengua. Luego miró a Trino con sus hermosos ojos café en silenciosa plegaria.

—Oh —Trino miró a su alrededor, por entre la multitud, en busca de la camisa roja de Félix o el hombre alto que siempre parecía sonreír. Los divisó a unos pocos pasos, parados al final de la cola. Se volteó hacia Lisana y le dijo, —ya vuelvo.

Caminó hacia Félix y Nick, Trino sintió como si tuviera un tapón de papel en la garganta. Se sentía nervioso y estúpido, preocupado y enojado a la vez.

—¿Tiene más boletos, Nick? —preguntó Trino tan pronto se acercó al hombre. Levantó la vista y miró a Nick a los ojos, aunque sentía las piernas como si se acabara de bajar del *Zoomer*.

—Veo que encontraste a unos amigos —dijo Nick cruzando los brazos sobre el pecho—. ¿También quieres boletos para ellos?

La oferta de Nick sorprendió a Trino. Lo hubiera pensado mejor pero quería volver donde Lisana. —Ellos ya tienen. Necesito unos para mí.

—¿Y yo qué? —dijo Félix—. Trino, no te lleves todos los boletos.

Trino se quedó mirando a Nick. —Sólo necesito los suficientes para montar en el *Zoomer* una vez.

Nick se metió la mano al bolsillo de la camisa y sacó unos boletos verdes. Contó cinco, los separó de los otros y se los entregó a Trino. —Toma.

—Nos vemos —dijo Trino y empezó a caminar.

—Un momento, Trino —lo llamó Nick y cuando Trino volteó a mirar vio que Nick tenía unos dólares doblados entre los dedos. —Toma esto también. Lo puedes necesitar. Tu mamá y yo te esperaremos en el pabellón donde va a tocar la banda en más o menos una hora. ¿Está bien? Y no te metas en problemas. ¿Me oyes?

Trino se encogió de hombros y le dijo —Nos vemos más tarde.

—¡De nada! —gritó Nick mientras Trino se alejaba,

pero no volteó a mirar.

La siguiente hora fue una de las más divertidas que Trino recordara. Lisana gritaba casi todas las veces que el *Zoomer* subía y bajaba, daba vueltas y sacudidas, pero también se agarraba de Trino. Su cercanía le daba una sensación de fortaleza y poder que nunca había sentido. Al bajarse todos se reían y compartían los momentos en que habían sentido más miedo. Después Lisana y Trino miraron a Jimmy y a Héctor lanzar pelotas de baloncesto en unas canastas. Después de cuatro dólares de intentos, Jimmy al fin se ganó un perro de felpa de seis pulgadas que le dio a Lisana.

—Gracias, Jimmy. Lo voy a querer siempre —dijo con una voz de niña pequeña.

Luego Lisana, Jimmy y Héctor observaron a Trino intentar el juego de dardos. Sólo rompió dos globos y le dieron una pelota de fútbol de plástico. Lisana probó su suerte en la rueda de la fortuna pero su número no salió. Después todos quisieron una raspa: hielo tallado con sabor, servido en un vaso de papel. Se comieron las raspas mientras miraban a un hombre musculoso tratar de ganarse un perro de tres pies para su flaca novia. Tenía que oscilar un gran martillo y dejarlo caer sobre una plataforma para tocar un timbre en la parte alta de un poste.

Discutían sobre si volvían a montar en el *Zoomer* otra vez, cuando apareció una mujer delgada parecida a Lisana. Tenía un bebé en brazos y Lisana la presentó como Abby, su hermana mayor.

—Me divertí mucho, Trino. Gracias por subirte al *Zoomer* conmigo —dijo Lisana antes de que se separaran—. Y gracias por comprarme la raspa.

Trino sonrió mientras decía, —Yo también me divertí Lisana. A ver si nos vemos en la escuela el lunes.

—Seguro, ya sabes dónde encontrarme —ella rió, se despidió y se dirigió a su hermana—. Jimmy se ganó este perro de felpa. ¿Crees que le guste a Nelda? —Lo sacudió frente la cara de la bebé y rió cuando ésta trató de alcanzarlo.

Trino dio media vuelta y se fue hacia el pabellón al final de la feria. Tiró el balón de plástico entre sus manos. Decidió usar los últimos dos dólares del dinero de Nick y comprar algodón de dulce para Beto y Gus.

Encontró a sus hermanos, a su mamá y a Nick sentados en una mesa de picnic, viendo al conjunto. Dos hombres tocaban la guitarra, un hombre el tambor y el cantante tocaba el acordeón y entonaba una alegre polca mientras unos bailarines se movían al compás de la música.

Félix estaba en la mesa de al lado hablando con tres chicos. Gus estaba sentado en el regazo de su madre, abrazado a un pequeño osito rojo. Beto estaba sentado junto a Nick y se veía triste, como si sólo hubiera un premio y no se lo hubiera ganado.

Trino frotó la cabeza de Beto y dijo —Mira lo que me gané para ti. Se sintió muy bien cuando los ojos negros de Beto brillaron al coger la pelota entre sus manos.

—Debes darle las gracias a tu hermano por el balón de fútbol —le dijo Nick a Beto, poniendo el brazo sobre los hombros del niño.

Beto miró primero a Nick y después a Trino, —Gracias por el balón.

Trino inclinó la cabeza y luego puso el algodón de dulce sobre la mesa. —Esto es para que lo compartas con Gus. Pero denle las gracias a Nick. Él me dio el dinero. —Luego miró a Nick y dijo— Gracias por los boletos. Y por su ayuda con lo otro.

—Por nada —dijo Nick y se levantó de la mesa—. La música está buena. Tengo ganas de bailar unas polquitas.

Ven, María. Vamos a bailar.

Trino se sentó entre Gus y Beto y los tres comieron pedazos del rosado y azucarado algodón mientras miraban a Mamá bailar con Nick.

Tal vez en Perales hay más que grandes moscos.

Trino trató de mantener lo bueno de Perales dentro de sí durante el fin de semana y entre semana en la escuela, pero fue difícil. El sábado y el domingo había hecho mucho calor y habían sido aburridos, y la semana en la escuela pasaba más lenta de lo normal. Trató de buscar a Lisana y hablar con ella antes de la clase de inglés pero la señora Palacios no estaba. La maestra substituta era bajita y ancha y parecía un perro guardián en tacones altos. Les ladraba a todos para que entraran a clase. Hasta las otras maestras que se paraban en la puerta a conversar un poco, obedecían sus órdenes.

En dos de esos días, Trino se las arregló para deshacerse de Zipper y de Rogelio a la hora de almuerzo e ir a ver si Lisana estaba afuera. Pero las dos veces que vio a Lisana estaba con un montón de chicas en la mesa, riéndose y cepillando su cabello. En cada ocasión él se devolvió a la cafetería.

El viernes se sentó con sus amigos, poniéndole poca atención a los estúpidos comentarios de Zipper sobre la substituta de la señora Palacios, mientras que, con el tenedor, revolvía la aguada gelatina roja que tenía en su charola. Se sentía desasosegado, ansioso por cambiar las cosas, pero no sabía cómo.

De pronto Trino sintió un golpe agudo en la parte de atrás de su cabeza. Lo tomó de sorpresa. No esperaba que

Rosca agarrara a Zipper de la parte de atrás de la chaqueta y lo sacara de la silla. Rosca se sentó y pronto aparecieron otros tres del octavo grado. Uno detrás de Rogelio, quien estaba asombrado, y otros dos a cada lado de Trino. Zipper gateó por el piso, tratando de quitarse del camino pero lo pisaron.

Por debajo de la mesa Trino empuñó su mano. Con cautela volteó a mirar a Rosca sin mostrar ninguna emoción.

—¿Me estabas buscando? —dijo Trino con voz tranquila, a pesar de que su almuerzo se convertía en algo espeso y revuelto dentro de su estómago.

—Todo está bien entre nosotros. Te has mantenido con la boca cerrada. —La cara de Rosca no se volteó en dirección a Trino, esos ojos pequeños de rata continuaban moviéndose alrededor de la cafetería, como si quisieran asegurarse que no había gatos por ahí—. ¿Quieres hablar de negocios más tarde? ¿Ganar algo de dinero?

—¿Necesitas a otros chicos, Rosca? Rogelio y yo somos de confianza. —La cabeza y los hombros de Zipper se asomaron al otro lado de la mesa. Despacio, se puso de pie, pero sus ojos mostraban ansiedad, como un perro pidiendo sobras.

—Dile, Trino, dile que somos de confianza.

—Somos de confianza —repitió Rogelio.

¿Estás loco? gritó una voz dentro de su mente. Pero sólo dijo, —Mis amigos son de confianza.

Trino mantuvo el rostro como si fuera una máscara de piedra. *Nunca les dejes ver tu punto débil.* Miró a Rogelio de reojo. El muchacho tenía la misma mirada de miedo y excitación como cuando se habían subido al Zoomer el año anterior.

El sonido de la campana anunciando el final de la hora

de almuerzo parecía tronar dentro de su pecho. Se dio cuenta de que estaba aguantando la respiración mientras trataba de mantenerse tranquilo frente a Rosca y los otros. Poco a poco dejó salir el aire por entre los dientes.

—Nos vemos.

Rosca golpeó la mesa con los nudillos y se levantó. Con una inclinación de cabeza hizo que los otros lo siguieran fuera de la cafetería.

—Oye, Trino, ¿qué pasa? ¿Por qué se te acercó Rosca? —preguntó Zipper cuando los tres se dirigían hacia una de las ventanas para depositar las charolas.

Trino encogió los hombros, —No sé —su voz era baja, llena de sarcasmo—. Es mi suerte, me imagino.

—¿Qué crees que tengamos que hacer para Rosca? —preguntó Zipper.

—Quién sabe —respondió Trino.

—Quién sabe —dijo Rogelio.

Trino le dio un puñetazo en el hombro a Rogelio. —¿Qué, no tienes tus propias palabras? ¿Tienes que repetir todo lo que dicen los demás como una grabadora?

—Llamémoslo Grabadora. —Zipper se empezó a reír, e hizo que Trino se enojara más.

Todo el lío con Rosca había empezado porque Zipper y Rogelio se habían ido y lo habían dejado ese día solo donde Epifaño. Ahora Zipper y Rogelio querían ser parte del trabajo que Rosca quería que Trino hiciera. ¿Era mejor ser amigo de Rosca que su enemigo?

No tenía otra alternativa pensó Trino. Podía olfatear los problemas que se le venían encima.

Capítulo once
Medidas enérgicas

Durante la semana siguiente Rosca se contactó a diario. Cuando se encontraban en los pasillos Trino miraba a Rosca con la ceja levantada y una ligera venia de la quijada. En la cafetería le daba un golpe a la mesa o le tocaba el hombro con los nudillos. Trino apenas le pegaba a la mesa dos veces como respuesta, para dejarle saber que lo había visto, esperando que no creyera que era algo más.

Para Rogelio y Zipper cada aparición de Rosca era como si se hubieran tragado una droga que los convertía en otras personas. Cada día los comentarios de Zipper sobre los otros chicos eran más ofensivos y fuertes. Por supuesto Rogelio los repetía, haciendo que todo empeorara. Zipper mostraba el dedo con más frecuencia y usaba palabras groseras cuando hablaba. Rogelio también.

El jueves Rogelio dibujó a una mujer desnuda en un papel y la tituló señora Palacios. La pasó por la clase hasta que le llegó a ella. Rogelio sonrió cuando la cara de la señora Palacios se puso rojo intenso. Lo enviaron a la oficina y Trino no lo vio el resto del día. Esa misma tarde Zipper le buscó pelea a uno del séptimo grado durante educación física y Coach Menchaca lo mandó a que se calmara a la oficina del vice director.

A la salida de la escuela ambos muchachos le reclamaron a Trino por no haberles ayudado.

—Si hubieras detenido a Bobby contra la pared como te lo pedí, le hubiera dado una buena paliza antes de que Menchaca apareciera. ¿Por qué te quedaste ahí parado? —dijo Zipper con la voz llena de ira.

—¿Por qué no le dijiste a la señora Palacios que no era mi papel? —le dijo Rogelio dándole una palmada en el brazo como lo había hecho Rosca en la cafetería el otro día.

Sólo que Trino no se lo iba a permitir a Rogelio. Lo empujó tan fuerte que el muchacho cayó de la acera a la calle.

—Era tu estúpido papel. La próxima vez borra tu nombre antes de empezar a dibujar a maestras desnudas. —Trino sintió como si el pelo le ardiera al voltear a mirar a Zipper—. Y si no puedes manejar tus propias peleas, no las empieces. Hablan basura y luego esperan que los respalde. Tengo mejores cosas qué hacer.

Zipper le mostró el dedo a Trino, y Rogelio le dijo unas palabrotas que no había dicho Zipper primero. Trino escupió sus propios insultos en inglés y en español antes de cruzar la calle y alejarse de ambos.

Gritaron aún más y hasta dijeron algunas tonterías sobre la madre de Trino. Trino se alejó por un callejón y caminó rápido, ansioso por alejarse. Le dolía respirar por la ira que sentía. ¿No habían dicho siempre los tres que Rosca era problemático? ¿Qué les pasaba a Zipper y a Rogelio? ¿Querían ser como Rosca ahora? ¿Es lo que quería Trino?

El recuerdo del rostro ensangrentado del señor Epifaño se le apareció otra vez. Los quejidos del viejo hacían eco en la cabeza de Trino.

Aminoró el paso y vagó por barrios familiares, tratando de decidir qué hacer con sus amigos y con Rosca. Puras preguntas. Sin respuestas.

De pronto, Trino se encontró a unos pasos de la tienda de la esquina que tenía una tabla cruzada en el frente. Su primer impulso fue salir corriendo. Sin embargo, se quedó parado donde estaba. Sentía maracas sacudiéndose dentro de sí.

Ahí, en la acera frente a la tienda de Epifaño, Trino se acordó de cuando salió de allí corriendo, tratando de salvar su pellejo. El viejo nunca le había hecho daño a nadie en el barrio, hasta les cobraba menos a las personas que estaban cortas de dinero. También la mamá de Trino necesitó crédito algunas veces.

No era que Trino se fuera a convertir en héroe y contarle a la policía sobre Rosca. Pero por lo menos debería preguntar cómo estaba el viejo, cómo iban las cosas.

Despacio, Trino empujó la barra plateada sobre la puerta de vidrio para entrar a la tienda. Al principio no pudo ver nada. El lugar estaba oscuro pues la ventana de enfrente estaba tapada con tablas. La tienda tenía un olor agrio, como de pepinillos envueltos en una de las camisetas de Garcés.

Los estantes de comida, jabones y productos para vehículos de los cuatro pasillos estaban un poco desocupados, como si la persona que estaba reemplazando al viejo no estuviera haciendo un buen trabajo reponiendo lo que se había vendido. Trino vio al hombre alto sentado en una butaca detrás del mostrador de madera leyendo una revista de autos. Cuando el hombre levantó la vista y lo vio, Trino se acordó de la descripción que Héctor había hecho y casi sonrió. El hijo del viejo sí parecía un conejo, con los dientes salidos debajo de un abundante bigote castaño.

—¿Qué necesitas, muchacho?

Trino pensó rápido en una mentira. —Mi mamá necesita comino. A veces el señor Epifaño tiene.

—Allá. Junto a la sal. —El hombre volvió la mirada hacia las fotos.

—Umm . . . mi mamá . . . quiere saber cómo está don Epifaño.

El hombre lo miró molesto. —Está en el condenado hospital, muchacho. Unos chicos miserables como tú lo golpearon por unos míseros dólares. Este lugar es una ratonera. —Luego escupió algo café en el piso y se cubrió la nariz plana y desigual con la revista.

Trino pensó que el preguntar por el viejo lo haría sentir menos culpable, pero no había sido así. Las maracas que había oído antes ahora estaban vacías y quietas.

Se preguntó si estaba planeado que tanto Zipper como Rogelio no estuvieran en la escuela el viernes. Sin embargo, Rosca estaba allí para verlo en el pasillo y enviarle nuevas señales que Trino no entendió. A la hora de almuerzo Trino no se apareció en la cafetería, caminó afuera, hacia las bancas donde había visto a Lisana.

Hoy estaba allí, sentada con esa chica, Janie, y como no eran sino las dos, Trino se atrevió a acercarse a la mesa.

Janie lo vio primero. —Hola. Oí que habías dibujado a la señora Palacios. Desnuda. —Le dio un golpecito a Lisana en el costado y después se rió como un caballo.

Lisana levantó sus ojos oscuros. No se estaba riendo. Su cuerpo parecía estar rígido mientras lo miraba sin decir nada.

—Yo no hice ningún dibujo —dijo Trino—. Fue Rogelio. No sé por qué piensas que fui yo. —*Excepto que eres tan tonta*, pensó Trino.

—Pero él es tu amigo. Estoy segura que ambos creyeron que era divertido —dijo Lisana. Lucía tan fría y seria que Trino pensó que parecía otra persona. Trino negó con la cabeza. —Oye, Lisana, pensé que era estúpido y no divertido. Él hizo el dibujó en una hoja que todavía tenía su nombre. —Luego miró a Janie fijamente—. Antes de empezar a hablar acerca de algo, asegúrate de que sea cierto.

Janie tragó tan fuerte que Trino casi podía oír la saliva bajándole por la garganta. Janie volteó a mirar a Lisana y dijo —Vamos.

Lisana continuó mirando a Trino, pero ya las comisuras de sus labios no estaban tan tensas. —La señora Palacios fue muy amable conmigo cuando llegué el año pasado. También es una buena maestra.

—Ella es buena —dijo Trino—. A mí me cae bien.

—No debiste dejar que tu amigo dibujara eso.

—Yo no le digo a mis amigos lo que deben hacer.

—Entonces debes hacer nuevos amigos —contestó Lisana y se levantó de la mesa—. Ven, Janie, vamos a la biblioteca.

Trino no quería dejarla ir. Él quería . . . necesitaba . . . hablar más con ella. —¿Podría ir a la biblioteca con ustedes?— Lo dijo con tono de pregunta y sostuvo la respiración esperando la respuesta.

Fue entonces cuando oyó un fuerte silbido, un sonido que le recordaba cuando tuvo que escoger entre correr o morir. —Espera —le dijo a Lisana y despacio volteó a mirar para cerciorarse de si el sonido era el mismo que todavía oía en sus pesadillas.

Al otro lado de la cancha de baloncesto estaba parado Rosca, y otro par de sus amigos, mirándolo, sólo esperando y observando. Rosca volvió a hacer esa extraña señal con la mano, luego movió la cabeza hacia un lado como diciendo, *Ven aquí.*

—¿Qué quiere Rosca contigo? —dijo Lisana.

Él la miró directo a la cara. —¿Cómo conoces a Rosca?

—¿Quién no lo conoce? —dijo Lisana con una voz que sonaba molesta—. Rosca perdió el séptimo grado dos veces. La única razón por la que está en el octavo grado es porque la maestra de séptimo no lo quería otra vez.

—Es un perdedor —dijo Janie como si lo supiera todo—. Y todo el que anda con él es también un perdedor. ¿Verdad, Lisana?

Trino hubiera desechado las palabras de Janie, pero cuando quiso que Lisana estuviera de acuerdo con ella, se quedó mirando a Lisana, esperando que ella no lo considerara un perdedor. Y por alguna estúpida razón, las palabras del poema que habían leído juntos, flotaban en su cabeza. *No quiero comerme mi torta de cumpleaños solo.*

Casi da un brinco cuando Lisana le puso la mano en el brazo.

—Ten cuidado con esos tipos, Trino —le dijo, mirándolo a la cara. Sus ojos castaños, preocupados, se habían oscurecido—. Rosca y sus secuaces golpean a chicos y viejos para divertirse. Yo los he visto.

A Trino se le secó la boca. *Yo también.*

—Ven, Janie —dijo Lisana, y se alejó rápidamente, dejando que Janie la alcanzara.

No le quedó otra alternativa que encontrarse con Rosca junto a la cerca. El trío de muchachos desgarbados estaba ahí parado, cada uno escondiendo un cigarrillo entre sus cuerpos. Una rápida mirada alrededor, una larga aspirada, una delgada línea de humo.

—Rosca —dijo Trino, metiendo las manos en los bolsillos—. ¿Qué pasa?

—Nada —le respondió y aspiró despacio el humo.

Trino se quedó ahí, esperando, los ojos fijos en los parches de pasto seco. Luego pasó la mirada de sus zapatos viejos a los casi nuevos de cuero de Rosca, esperando algo, pero nada. Nada. Qué diferente era cuando estaba con Lisana y sus amigos. Alguien siempre contaba una historia, a veces un chiste o sólo un comentario que tenía sentido. Odiaba este silencio que lo ahogaba. De pronto una voz se deslizó en la cabeza de Trino.

—Nos encontraremos mañana por la noche. Lavadero de autos en Templano. Once y media —dijo Rosca.

Sin levantar la mirada, Trino asintió con la cabeza. Rosca tiró el cigarrillo prendido sobre el pie de Trino.

—Nos vemos —dijo Rosca antes de que otros dos cigarrillos cayeran a los pies de Trino.

No se acobardó ni se movió, se quedó parado en el mismo sitio hasta que los tres muchachos se fueron. Con la punta del zapato estrujó cada cigarrillo contra el pasto seco. El olor a preocupación y a cigarrillo lo persiguió el resto del día.

Y cuando regresó de la escuela y vio a su madre de rodillas refregando el piso de la cocina con las manos, Trino tuvo el presentimiento de que sus problemas habían empeorado. Su mamá nunca estaba en casa el viernes por la tarde.

—¡Tonto! No te pares en el piso. ¿No ves que lo estoy limpiando?

Trino saltó rápido sobre la desteñida alfombra roja, frente a la televisión, casi pisó a Beto y a Gus, quienes miraban un programa que apenas se vislumbraba en la pantalla.

—¿Y dónde está Félix? ¿No ha llegado el autobús?

—Su madre golpeó el piso con una esponja mojada, como

si le estuviera pegando.

—Probablemente lo dejó el autobús. Llegará más tarde a casa. ¿Por qué llegó tan temprano, Mamá? —Habló con cautela, esperando no decir nada que la enojara.

Su mamá presionó la esponja hacia abajo con las dos manos y la empujó a lo largo del piso. —Hoy me despidieron. Esa nueva gerente . . . la bruja fea . . . dijo que yo no sabía hacer mi trabajo. Llevo casi dos años en ese estúpido motel y dice que no sé cómo limpiar una habitación. ¿Dónde cree que está? ¿En un hotel de lujo? Yo les limpio a camioneros y a vendedores no a millonarios.

Él entendió su ira, pero Trino sabía que el verdadero problema era el dinero. Aunque les dieran dinero para la comida no habría con qué pagar la renta de la casa móvil. Cómo deseaba tener diez y seis años para conseguir un trabajo. Tener trece años no servía para nada.

—Trino, espero que hayas almorzado en la escuela. No hay casi nada de comida aquí. Y no puedo buscar trabajo hasta el lunes. Confío en que me den ayuda para la comida. Pueden ser muy malos cuando les dices que te despidieron. Y quién sabe cuándo consiga otro trabajo. Vieja estúpida. ¿No sabe que tengo niños a quién alimentar?

Su mamá maldijo y refunfuñó mientras continuaba refregando, pero Trino dejó de escuchar. Por lo menos estaba enfocando su furia en el piso y no en sus hijos. Se lamentó de no haber almorzado en lugar de vagar por la escuela. Aunque quería un mordisco de algo que encontrara en la cocina, no se arriesgaba a caminar por el piso limpio y que su mamá empezara a gritarle.

Así es que Trino se devolvió a su habitación, esperando que al estar lejos de la cocina no pensaría en la comida. Se tiró sobre la cama haciendo sonar los resortes. Se quedó mirando al techo, sus ojos se paseaban sobre las manchas de agua, los cuadros torcidos y los hoyos desiguales hechos con las flechas de juguete que le había regalado el papá de Félix el año anterior. Habían pasado toda una tarde de lluvia disparándolas hacia el techo.

De pronto oyó a su mamá gritar su nombre. —¡Trino! Zipper y Rogelio están aquí.

Trino se puso de pie y regresó a la sala. Hizo lo posible por dejar sólo una huella en el piso de la cocina y les abrió la puerta a sus amigos.

—¿Qué hay de nuevo? —le preguntó a Zipper quien estaba parado junto a la casa móvil pateando unas piedras.

Zipper se encogió de hombros. Lo mismo hizo Rogelio, quien se encontraba cerca.

—¿Por qué no fueron a la escuela? —preguntó Trino.

—No pudimos ir, eso es todo. —De pronto Zipper agarró a Trino de la camisa y lo arrastró lejos de los escalones. Miró por encima del hombro y le dijo en voz baja—, ¿Hablaste con Rosca? ¿Dijo algo importante?

Trino paseó la mirada de Zipper a Rogelio, —Sí. Quiere que nos encontremos mañana por la noche en el lavadero de autos en Templano a las once y media.

—¿Tenemos un trabajo? —Zipper preguntó.

—¿Tenemos un trabajo? —Repitió Rogelio.

Trino sabía que Rosca tenía un trabajo en mente, tal vez entrar al lavadero de carros y sacar el dinero de las máquinas, tal vez otra cosa. De cualquier manera Rosca había dicho que Trino ganaría algo de dinero.

Así podré hacer algo para ayudarle a mi familia.

Trino se dio cuenta de que había resuelto su dilema, iría a Templano.

Capítulo doce
Rosca

El sábado, cuando Trino se levantó, toda la casa olía a medicina. Eso siempre quería decir sólo una cosa: Beto estaba enfermo.

—Tienes que quedarte aquí con tus hermanos —dijo su madre y guardó en la cartera la botella desocupada de la medicina de Beto—. La clínica está cerrada hoy. Tengo que llevar a Beto al hospital.

Trino volteó a mirar a su hermano menor, quien estaba acostado en el sofá. Su pequeña cara morena bañada en lágrimas y en algo viscoso y verde que salía por su nariz. El niño hacía un ruido extraño al tratar de respirar.

Suspiró. Si su mamá iba al hospital podría demorarse todo el día.

Y así fue. No volvió hasta las seis y estaba de mal humor por todo el tiempo que había tenido que esperar.

—El doctor quiere que le compre esta medicina que cuesta veinte dólares el frasco. Le dije que no tenía trabajo y me dio unas muestras. ¿Qué voy a hacer cuando se acaben?

Beto olía a vómito y a orines. Su madre se lo llevó a la cama y se tiró a su lado a dormir.

—Creo que no va a haber cena —dijo Félix, se encogió de hombros y salió de la casa móvil.

Trino encontró mantequilla de maní para untarle a unas tortillas de harina que no estaban tan duras. Le dio una a Gus antes de comerse él la suya. Había estado inquieto todo el día pensando en el encuentro con Rosca, esperando que no fuera nada más que usar una palanca en algunas máquinas. Trató de no acordarse de la cara de don Epifaño o del tubo ensangrentado que había caído a su lado. Trataba de no oír en su cabeza las palabras de Lisana, *Rosca golpea niños y viejos por placer.* Se decía a sí mismo que tenía que hacer el trabajo y ayudarle a su mamá. ¿Qué más podía hacer?

Como ya Trino no esperaba que Rosca lo acosara en cada esquina, salió de prisa y empezó a caminar por el barrio. Perdió el sentido del tiempo mientras pasó por su escuela, caminó por el parque e inclusive hasta le echó un vistazo al lavadero de autos en la calle Templano.

El lavadero de autos no quedaba sobre la congestionada calle sino que hacía una V hacia la esquina, luego se ramificaba en cuatro compartimientos a cada lado. Las paredes eran de ladrillo oscuro y los bordes de un azul claro. Sólo había un compartimiento que estaba pintado con graffitti, una serie de rótulos negros de una pandilla local. Había personas en varios compartimientos lavando autos, mientras que otros tres vehículos estaban siendo aspirados en la parte de atrás. Parecía ser un sitio de mucho movimiento. ¿Por qué querría Rosca encontrarse con él allí?

Cuando vio las luces de la calle encenderse y brillar, Trino se dio cuenta de que se había demorado mucho. Seguro que su mamá lo iba a regañar, pero por lo menos mañana podría comprarle la medicina a Beto, y también algo de comida. Cuando iba camino a casa pensó en que le diría a su mamá que había encontrado el dinero en el closet y que probablemente le pertenecía a Garcés. Y era de ellos puesto que Garcés les debía todo lo que se había comido.

Ahora que había visto el lavadero de autos y se le habían ocurrido las mentiras que le diría a su madre, Trino se sentía bien y confiado sobre la noche que se avecinaba. Inclusive entró silbando al estacionamiento de casas móviles. De inmediato vio el auto blanco y largo de Nick estacionado frente a la casa de su familia. Gus se estaba encaramando sobre el capó con otros dos chicos.

Adentro, Trino vio a Nick sentado a la mesa, leyendo el periódico como si estuviera en su casa.

—¿Qué está haciendo aquí? —preguntó Trino.

—Te estaba buscando —habló Nick despacio, luego levantó la vista del periódico. Llevaba puesta una camisa de uniforme azul, con su nombre en una etiqueta cocida al bolsillo. Un parche rojo en la manga llevaba las iniciales SMU.

Los ojos negros de Nick miraron a Trino de pies a cabeza y dijo, —Conseguí un trabajo cortando unos árboles el próximo sábado. ¿Quieres ganarte un poco de dinero?

—¿Cuánto? —dijo Trino. No iba a trabajar por unas pocas monedas.

Nick frunció el ceño. —Bueno. ¿Qué tan duro trabajas, muchacho? Cortar árboles no es fácil. ¿Crees que lo puedas hacer?

—¿Cuánto? —volvió a decir Trino.

—Pueden ser veinte dólares si puedes ayudarme a terminar el trabajo antes de que oscurezca. —Se levantó de la mesa y se acercó a Trino.

Trino alzó la barbilla para fijar la mirada en el hombre a pesar de la diferencia de altura. —¿Por qué me lo está pidiendo a mí?

—Un chico de tu edad necesita un poco de dinero para gastar. Recuerdo cómo eran esos tiempos.

Trino no hizo ningún comentario por lo que Nick dijo, —Si yo no te doy la oportunidad de ganarte algo de dinero, vas a encontrar a alguien a quién robárselo. ¿No es así?

Trino se esforzó por mantener su rostro y su mirada firmes, aún cuando la mantequilla de maní de repente le subió a la garganta.

Su mamá entró apresuradamente a la habitación, metiendo cosas en la cartera y tratando de peinar su cabello enredado. Su rostro lucía muy cansado, aunque tuvo suficiente energía para regañar a Trino. —Al fin llegas. ¿Dónde estabas? ¿Te fuiste así no más y dejaste a Gus solo? ¿Puedes buscar a Félix? ¿Sabes dónde está?

—No —dijo Trino y se tragó el sabor agrio de su horrible cena.

—Quédate aquí con Beto mientras voy donde Sofía por un poco de caldo. Siempre le ayuda a Beto cuando está así de enfermo —volteó a mirar a Nick—. ¿Le dijiste a Trino que podía ayudarte la próxima semana? —Luego volteó a mirar a Trino—. Nick necesita que le ayudes. Dice que te paga y todo.

¿Por qué tengo que matarme arrastrando árboles? Pensó.

Nick tocó el hombro de Trino con su pesada mano. —Al rato hablaremos más sobre el trabajo. Ahora voy a llevar a tu mamá a la casa de tu tía. Nos llevamos a Gus pero está pendiente de Beto. Ese niño está muy enfermo.

Trino se sacudió la mano de Nick y se fue a prender la televisión. Se tiró en el sofá cuando Mamá y Nick abrían la puerta para irse. Frunció el ceño tratando de descifrar qué programa estaban dando bajo esa cantidad de líneas borrosas que temblaban sobre la pantalla.

Oyó el retumbar del carro de Nick que poco a poco se alejaba y se acomodó en el sofá para esperar hasta que pudiera irse. Félix finalmente apareció haciendo alarde de que se había comido tres hamburguesas en la casa de Nacho, se fue a la habitación y no volvió a salir.

Unos minutos más tarde Trino oyó el ruido de un llanto que venía de la habitación de su madre.

Vale más que no se vomite encima de mí, pensó Trino al ponerse de pie despacio para ir a ver cómo estaba Beto. El niño estaba enredado en la cobija y lloriqueaba. Trino prendió una pequeña lámpara cerca de la cama y sacó las piernas del chico de entre la cobija.

Los ojos negros y húmedos de Beto le parpadearon a Trino pero parecía no poder enfocarlos, se voltearon hacia arriba y se volvieron a cerrar.

El corazón de Trino se aceleró. —¿Beto? Beto, es Trino. ¿Estás bien?

Se sentó en la cama y puso la mano sobre el pequeño brazo moreno de Beto, pero la retiró de inmediato. La piel de su hermano menor ardía en fiebre. Trino tocó la frente resbalosa del niño y luego puso la mano sobre su pecho. Cada vez que respiraba ruidosamente, el cuerpo de Beto se estremecía.

Trino tapó a su hermanito con la cobija y salió a buscar una toalla mojada en el baño. Había visto a su mamá ponerle una sobre la frente en otras ocasiones. Era lo único que se le ocurría hacer.

Puso la toalla suavemente sobre su hermano y con cuidado le levantó el pelo negro y mojado.

—Todo va a estar bien, Beto. Mamá ya viene. —Trino se sentó en la cama y continuó hablándole a su hermano—. Pronto te vas a sentir mejor y podremos ir a jugar a los juegos de video. Voy a conseguir un poco de dinero esta noche y mañana te daré dos monedas de veinticinco centavos. ¿Está bien?

La toalla no tardó mucho en perder la humedad por lo que Trino la volvió a mojar en el lavamanos, la escurrió y volvió a ponérsela en la frente a Beto. El que Beto no le contestara empezó a perturbar a Trino. Estaba ahí tendido, mojado y sin moverse. Trino se sintió vació por dentro.

—Cuando tenga dinero vas a tener tu medicina, Beto. Te lo prometo. —De pronto le dio rabia de que Mamá no estuviera cuando Beto necesitaba su ayuda. Luego se encolerizó aún más cuando pensó que a su madre la habían despedido del trabajo. Se enojó porque no tenían dinero para la medicina de Beto y se enojó porque alguien como Rosca le iba a mostrar cómo conseguir dinero. ¿Por qué todo empeoraba y continuaba empeorándose? Para cuando su madre finalmente regresó de la casa de su tía, Trino estaba tan furioso que explotó tan pronto ella entró en la recámara.

—¡Está ardiendo! ¿Por qué se demoró tanto? —Trino se levantó y le gritó a la cara preocupada de su madre—. Siempre tiene que hablar y hablar cuando va a la casa de Tía Sofía. Y Beto está muy enfermo. ¿Por qué no volvió de inmediato?

Ella lo hizo a un lado y se sentó en la cama. Puso la mano sobre las mejillas hinchadas de Beto y luego la deslizó por debajo de la toalla. —¿Y lo único que hiciste fue ponerle una toalla? ¿Por qué no le diste la medicina? ¡Mira! La botella está aquí. —Sacó un frasco de plástico con unas pastillas rosadas de debajo de un montón de ropa junto a la cama—. Está tan caliente. ¿Qué? ¿Quieres que se muera?

Los propios miedos de Trino sólo intensificaron la ira que llevaba dentro.

—Yo no soy médico. No sabía qué hacer —dijo moviendo sus manos. Se volteó para irse cuando vio el cuerpo alto de Nick llenar la puerta y fruncirle el ceño.

—¿Cómo iba a encontrar las pastillas debajo de la ropa sucia? —le gritó Trino a Nick—. No es como si ella tuvo que tomar el autobús. Se fue en su carcacha. ¿Por qué no volvieron de inmediato?

—Creo que debes callarte antes de que te metas en más problemas. —Las palabras de Nick salieron por entre sus dientes. Le levantó una ceja a Trino—. El gritar no le va a ayudar a Beto.

¿Qué si Beto hubiera muerto y todos hubieran culpado a Trino? Ese pensamiento le dio más ira. Con una fuerza sorprendente Trino empujó a Nick y se fue.

—¿Adónde vas Trino? —lo llamó Nick—. Vuelve aquí.

Pero Trino no contestó y empezó a correr, fuera de la casa móvil, del estacionamiento, por entre las calles oscuras y los callejones, hacia la calle Templano. No tenía ni idea de la hora pero sabía de un lugar donde podría cambiar su vida. Corrió hacia ese lugar, hacia el cambio que necesitaba tanto. Maldijo el ladrido de los perros que rasguñaban las cercas por donde pasaba. Maldijo al padre que había muerto y lo había dejado y maldijo a hombres como Garcés que se decían primos pero eran sanguijuelas. Maldijo el destino que había enfermado a Beto y maldijo la pobreza de su familia. Ahora estaba listo, listo para hacer lo que fuera para cambiar su vida, la vida que odiaba, cada doloroso momento de ésta.

La noche estaba caliente y brumosa, sus pies lo llevaban por las aceras, el duro suelo y las calles desniveladas que necesitaban reparación. Había unas pocas luces encendidas en los porches y varias de las luces en las esquinas habían sido rotas a piedrazos. La opresión en el pecho lo dejaba sin aliento pero no aminoró el paso hasta que divisó el lavadero de autos.

No queriendo parecer ansioso, Trino se detuvo en el primer compartimiento del lavadero de autos a recuperar el aliento. Se asomó con cautela por la pared de ladrillo. Primero vio el brillo del chaleco de Zipper y luego a Rogelio moviéndose detrás él. Y ahí estaba Rosca y los dos muchachos de la reunión de ayer.

De pronto las tres caras le llegaron claras como si Trino tuviera una fotografía en colores en su mano. Eran esos dos muchachos los que estaban con Rosca donde don Epifaño ese día. También estaban con Rosca el día que lo asaltaron en el Foodmart. Y apenas ayer los tres habían tirado las colillas de los cigarrillos a los pies de Trino.

Ahora sentía los pies pegados al sitio donde estaba parado. Trino sólo podía mirar a Zipper y a Rosca meter cada uno una palanca en las diferentes aspiradoras. Oyó el metal rompiéndose y un coro de risas.

De la oscuridad salió el primer disparo. Zipper dejó caer la palanca que retumbó contra el asfalto. Un viejo con una camiseta roja salió de detrás del contenedor de basura. Maldijo a los chicos en voz alta y sacudió una pistola negra que tenía en la mano.

Rosca levantó la palanca detrás de él como si estuviera meciendo un bate y se lanzó hacia el viejo. Los otros dos siguieron a Rosca, pero Zipper y Rogelio se quedaron ahí parados como si fueran maniquíes en la ventana de una tienda en el centro comercial.

Rosca gritó, el viejo gritó. Se oyó otro disparo. Otro disparo. Otro.

Rosca se dobló, agarrándose el estómago, la sangre derramándose en el piso a su alrededor. Los otros dos muchachos salieron corriendo. Se oyó un grito, "¡No!" La voz de Zipper.

Zipper volvió a gritar antes de correr hacia Rosca. Ahí fue cuando el viejo apuntó la pistola a Zipper y volvió a disparar.

Zipper se desplomó, cayendo despacio sobre el asfalto. Rosca todavía se retorcía en el piso, pero Zipper no se volvió a mover.

¡No! la boca de Trino se abrió pero su voz había desaparecido.

Rogelio permaneció de pie junto a la aspiradora descompuesta, sollozando —No, no . . .

Las sirenas irrumpieron en la noche. Luces rojas titilaron sobre las paredes del lavadero de carros alrededor de ellos.

Trino se dio vuelta, su espalda raspó las paredes hasta que su trasero tocó el pavimento. El sudor corría por su rostro, pero los brazos y las manos le pesaban demasiado como para levantarlas. Se sentó ahí como si fuera una bolsa de ropa sucia. El sudor le salía por cada poro del cuerpo. El pelo, la nariz y hasta los pantalones estaban empapados. Los ojos cerrados, la oscuridad lo aprisionaba como si fuera un ataúd.

Una fuerte sacudida lo hizo volver a la realidad. Al abrir los ojos se encontró con un rostro extraño.

—¿Qué estás haciendo aquí, muchacho? ¿También estás herido?

¡No! Trino negó con un movimiento de cabeza. Tenía que averiguar dónde estaba, qué había pasado. De pronto todo le llegó a la mente. Los rostros de los muchachos, la sangre de Rosca y el último grito de Zipper. ¡No! Las lágrimas lo quemaban.

—Mi amigo está muerto.

—Ven, muchacho. Levántate —contestó el hombre,

agarró a Trino del brazo y lo jaló hasta ponerlo de pie. Trino no lograba entender. Se sentía confundido, pero al mismo tiempo recordaba cada detalle. El dolor de lo que había pasado y su papel en los eventos de la noche hicieron que las piernas se le aflojaran. El hombre lo sostuvo para que no cayera al piso.

De pronto el brillo de una linterna le llegó a los ojos. Levantó la mano para protegerse de la luz, parpadeándole a la figura uniformada.

—Buen trabajo, Joe. Agarró a otro —dijo el policía—. Ven muchacho, vas camino a la cárcel.

Lo arrastraron hacia un grupo de personas que estaban paradas debajo del cobertizo de metal. Cuatro o cinco policías iban de un lado al otro hablando con el viejo. La cara del viejo se veía sudorosa y las manos señalaban los cuerpos en el piso. Un oficial había puesto la pistola del viejo en una bolsa de plástico.

Trino vio que un oficial esposaba a Rogelio. Rogelio temblaba incontrolablemente y todavía lloraba, —No, no, no.

Los dos hombres con el emblema EMS en la parte de atrás de sus camisas estaban arrodillados entre Zipper y Rosca, tratando de examinarlos. Uno de ellos puso la mano sobre Zipper, sacudió la cabeza y se volteó para ayudarle a Rosca. El sabor a vómito subió por la garganta de Trino.

El oficial jaló a Trino frente a él, hacia el viejo de la camisa roja.

—Agarramos a otro, uno de los chicos que había salido corriendo —dijo el policía.

Ahora que estaba frente a frente al hombre que le había disparado a Zipper, Trino dijo, —Yo no fui. Yo sólo estaba parado cerca de la pared. Yo no fui, señor. Dígales.

El hombre entrecerró los ojos, paseó la mirada sobre Trino y luego se dirigió al policía que tenía a su lado. —Yo no sé. Los otros dos que salieron corriendo tenían camisas grandes. Como el que está en el piso. —Señaló a Rosca. El alivio empezaba a calmar la ira de Trino. Si salía de ésta esta noche sería por una extraña vuelta de la fortuna. La enfermedad de Beto y su mamá hablando demasiado con Tía Sofía habían retrasado su llegada. Si no hubiera sido por eso, estaría ahora en el piso con una bala en las entrañas.

—Fue él —dijo una voz ronca.

Rosca levantó una mano ensangrentada y señaló a Trino. —Ése es el tipo que planeó esto. Él nos dio las palancas. Nos dijo cuándo asaltar este lugar. Fue Trino.

Capítulo trece
Apaga el interruptor

Trino se quedó mirando a Rosca con más odio del que había sentido en toda su vida. En todo este tiempo no había dicho nada acerca de Rosca, no contó nada a nadie sobre Epifaño, le había dicho a Nick que no lo conocía cuando Rosca lo asaltó en Perales. ¿Para qué? Rosca había señalado a Trino con el dedo. Quería también arrastrar a Trino a la cárcel. Aunque Trino no había hecho nada malo, excepto el ser lo suficientemente estúpido como para pensar que podía confiar en que Rosca también guardaría silencio.

Trino miró al policía que estaba más cerca de él. —Yo sólo estaba parado cerca de la pared. Yo no hice nada.

—Pero tú me dijiste que tu amigo estaba muerto. —El oficial que sostenía a Trino lo forzó a voltearse—. ¿Viste que le dispararon y después saliste corriendo?

—Yo sólo estaba parado cerca de la pared. —Le dio una palmada a la mano sangrienta de Rosca para alejarla de sus piernas—. Yo no planeé nada de esto. Este trabajo fue tu idea Rosca.

Rosca subió la voz, —No digas nada. Yo sé dónde duermes.

Si alguna vez hubo una mirada lo suficientemente fuerte como para matar, Trino supo que ésta ardía en sus ojos. Tenía la cara caliente con lo que sentía por Rosca.

Nunca más dejaría que alguien como Rosca arruinara su vida. O hacer que evitara la verdad.

—Cállate —le dijo Trino a Rosca—. Tú no tienes nada en mi contra y si te apareces donde duermo, yo cuidaré de lo que es mío. Espera y verás.

—Basta. —El policía sacudió el brazo de Trino con fuerza—. Sólo quiero saber sobre el muchacho muerto. ¿Cuál es su nombre? ¿Lo conoces?

Trino asintió despacio, tragándose otra vez el sabor a vómito. —Lo conozco. Es mi amigo. Se llama Zipper.

—¿Y el muchacho que está ahí llorando? ¿También lo conoces? —preguntó el oficial, moviendo la cabeza hacia Rogelio.

Trino hizo una pausa antes de decir —Sí, sí lo conozco, también es mi amigo.

El oficial hizo un movimiento de cabeza y suspiró.

—Muchacho, creo que necesitas nuevos amigos. —Soltó el brazo de Trino y fue a cuestionar al viejo.

Trino se sintió olvidado pues todos querían hablar con el viejo. Les dijo que era el dueño del lavadero de carros y les contó historias sobre ladrones y vandalismo durante las últimas semanas. Y cómo sólo protegía su propiedad y su persona.

Momentos más tarde los enfermeros de la ambulancia pusieron a Rosca en una camilla. A Rogelio lo acomodaron en la parte de atrás del auto de la policía. Otros dos vehículos de la policía llegaron al lavadero de autos. Trino vio a unos chicos en el asiento de atrás. No supo si eran los dos amigos de Rosca. Dos oficiales llevaron al dueño del lavadero de autos hacia los vehículos. Trino supuso que también los acusaría.

A nadie le importaba Zipper. Estaba a unos pies de donde se encontraba Trino. Alguien lo había tapado con una tela amarilla.

La pena se apoderó de todo su cuerpo, haciéndolo temblar. La ropa húmeda se le pegaba a la piel como una capa de grasa. Caminó hacia el cuerpo de Zipper y se quedó mirándolo.

Podría ser yo. Muerto. Herido. Llorando en el asiento de atrás del auto de la policía. Zipper, lo siento. ¿Qué podría haber hecho para salvarte?

Eventualmente, Trino terminó en el auto de la policía. El oficial que había encontrado a Trino detrás de la pared dijo que necesitaba saber dónde vivía Trino. Y que Trino necesitaba ir a la estación en la mañana para que les contara lo que había visto esa noche.

Trino no dijo nada durante el viaje a su casa, la mirada fija en las calles oscuras y en los sitios vacíos en los que había caminado con Zipper y Rogelio. Esta noche alguien les había apagado el interruptor a todos.

Todas las luces estaban prendidas en la casa móvil donde vivía la familia de Trino. Tan pronto se detuvo el auto de la policía, Trino vio la figura alta de Nick llenar la puerta y luego adelantarse.

Trino se bajó del asiento de atrás mientras el oficial se bajaba y se dirigía a Nick.

—¿Es usted el señor Olivares? —le preguntó a Nick.

—No. Él no tiene padre. —La voz de Nick mostraba poca emoción—. Su madre está adentro con los otros niños. ¿Está Trino en algún problema?

Trino habló. —Estoy bien. No me arrestaron, o nada.

—Trino fue testigo de una balacera en la calle Templano. En el lavadero de autos. Él conocía a algunos de los muchachos que estaban robando de las máquinas. ¿Puede alguien llevarlo al centro mañana para cuestionarlo más? —le preguntó el policía a Nick.

—¿Nick, qué pasa? Ay, ay, ay, la policía. —La mamá de Trino apareció en la puerta, la empujó y salió, sus preguntas de preocupación pronto se tornaron en ira—. ¿Trino, dónde estabas? ¿Qué hiciste? ¿No tengo ya las manos llenas con Beto? ¿Ahora tengo que ir a visitarte a la cárcel? ¿Cómo me puedes hacer esto?

Trató de agarrar a Trino, pero el policía se paró entre los dos.

—Señora, su hijo no ha sido acusado de nada, sólo necesitamos que vaya al centro para hacerle unas preguntas. ¿Puede llevarlo a la estación en la mañana?

—¿El centro? ¿Ay, Trino, tengo tiempo para eso? —dijo su mamá en voz alta—. Aquí estoy con Beto tan enfermo y acabo de perder mi trabajo y . . .

—Zipper está muerto. Le dispararon en el lavadero de autos.

Ella abrió los ojos, se persignó y murmuró, —Ay, Dios mío.

Después de eso lo dejaron solo. El policía se fue y la mamá de Trino se quedó afuera hablando con Nick. Lo único que Trino quería era una camiseta seca y su cama. Estaría desocupada pues Beto dormiría en el cuarto de su madre. Félix estaba dormido en su angosta cama cerca del closet. No se movió ni hizo ningún ruido cuando Trino entró a la recámara.

Cuando Trino al fin se recostó en la cama, pensando en todo, deseó poder apagar su cerebro con un interruptor. Quería levantarse y sentirse como antes. Pero no podía dejar de pensar en Rogelio quien se despertaría en la cárcel. Zipper no se despertaría jamás. Trino le dio la espalda al mundo mientras lágrimas calientes corrían por su rostro mojando la almohada.

○○○

Trino no se dio cuenta cuándo se quedó dormido, pero cuando se despertó sintió como si alguien le hubiera pateado todo el cuerpo. Se arrastró a la regadera y dejó que el agua caliente cayera sobre su espalda y hombros hasta que de alguna forma pudiera encararse al día que tenía por delante.

Primero tuvo que escuchar a Tía Sofía, quien apareció para quedarse con Félix, Beto y Gus mientras Trino y su mamá iban al centro.

—Le dije a tu mamá que tarde o temprano te ibas a meter en problemas. ¿Me equivoqué? ¿Eh? ¿Eh?

Él la ignoró y esperó a su madre afuera. Pero no pudo ignorar al policía que más tarde lo interrogó. Tuvo que contestar sus preguntas sin importar qué tan tontas le parecieran. En verdad Trino sintió que era él el estúpido. No sabía nada sobre Rosca y sus amigos, excepto que todos iban a la misma escuela. Se dio cuenta que debería saber más sobre Zipper o Rogelio a parte de sus nombres y dónde vivían. Le pudo decir al policía honestamente que los muchachos sólo habían planeado encontrarse en el lavadero de carros, pero que no sabían con seguridad qué iba a suceder después.

La madre de Trino guardó silencio todo el tiempo, excepto para emitir un suspiro cuando el oficial les dijo que Trino podía irse, aunque tendría que presentarse como testigo cuando juzgaran el caso.

No fue sino hasta que se encontraron sentados en el autobús que su madre le habló.

—Necesito saber algo, Trino. Para estar tranquila. Tú le dijiste a la policía que sólo habías estado parado cerca de la pared . . . pero . . . ¿habías planeado encontrarte con ellos, verdad? Por lo de Beto llegaste tarde. Si no estarías en la cárcel. O tal vez muerto. ¿Correcto?

Trino volteó la mirada hacia la ventana del autobús.

—Sí.

Su mamá no dijo nada por un largo rato. Luego puso la mano en el brazo de Trino.

—Ha sido difícil para nosotros, Trino —le dijo—. Pero yo nunca hice nada malo para conseguir dinero para mi familia. Lavé pisos, limpié la casa móvil del vecino, incluso una vez hice hoyos y puse los postes de una cerca. Robarle a la gente de este barrio sólo empeora las cosas para todos. Quiero decir, ¿quién no batalla en este barrio? Nadie puede darse el lujo de perder lo poco que tiene.

Sus palabras dieron en el blanco. Trino escuchaba e inclusivo estaba de acuerdo con ella. Pero no cambiaba nada. Zipper estaba muerto, su mamá no tenía trabajo y cuando llegaran a casa habría poco para comer. Todavía odiaba su vida. Ahora la odiaba más.

Tía Sofía tenía un poco de caldo en la estufa cuando llegaron a casa. Trino se alegró de que hubiera sopa caliente para alimentarse, pero también tuvo que oír a su tía y a su mamá hablar mientras se tomaban la sopa. Comió tan rápido como pudo, pero tuvo que escuchar a su tía contar una historia sobre un primo que fue a la cárcel y al que finalmente le dieron la pena de muerte. —Y sólo tenía veinticinco años.

Trino se alegró de ver a Tío Felipe llegar para llevarse a Tía Sofía a casa. Trino había estado sentado en el sofá tratando de ponerle las ruedas al auto de Gus cuando Tío Felipe entró a la casa móvil. Él era un hombre callado, no muy alto, con un espeso cabello gris. Levantó a Gus y lo besó en la mejilla. Metió la mano en el bolsillo y le dio unas monedas a Gus. —Guarda unas para tu hermano Beto. Cuando él se sienta mejor van y compran helados.

Cuando puso a Gus en el piso, Trino vio que Tío Felipe puso unos billetes sobre la mesa. Ni siquiera miró a Trino ni nada. Solo volteó y le dijo a su esposa, —Vamos, Sofía.

El rechazo de su tío hizo que la garganta de Trino se cerrara. Siempre se había llevado bien con él, pero ahora el hombre ni siquiera le hablaba. Todo empeoró cuando aparecieron las noticias en la televisión. Trino y Félix estaban sentados en el sofá, con Beto resoplando entre los dos. En las noticias salieron imágenes del lavadero de carros, un vistazo al cuerpo de Zipper cubierto con la tela amarilla y una entrevista con el dueño del lavadero de autos diciendo, —Los muchachos me habrían matado. Tenía que protejerme. —Hasta los periodistas llamaron a los muchachos "alborotadores del barrio" sin siquiera mencionar el nombre de Zipper. Era como si Zipper no importara.

—¿Por qué no saliste en la televisión? —le preguntó Félix a Trino.

—¿Por qué eres tan estúpido? —respondió Trino. Se puso de pie y caminó hacia la puerta.

—¿Adónde vas? —le preguntó su mamá. Estaba sentada a la mesa limpiando frijoles y mirando la televisión—. Quiero que te quedes en casa, Trino.

—Sólo quiero caminar afuera un rato.

—Sólo te meterás en más problemas. Mañana prendo la televisión y me encuentro con tu cuerpo muerto debajo de una tela amarilla.

Sus palabras le hirieron más que si le hubiera dado

una cachetada. Cualquier pensamiento que lo hubiera hecho quedarse para agradar a su mamá desapareció de repente. Tenía que salir del lugar en donde todos creían que él era como Rosca y sus amigos.

Trino continuó caminando hasta salir y dar un portazo detrás de sí. Se encaminó hacia los árboles altos al lado de la casa móvil y rápidamente se subió a una de las ramas, encontró un sitio dónde recostar la espalda contra el grueso tronco.

Vio que su mamá se levantaba y salía a buscarlo. Al mirar hacia arriba sus ojos se encontraron, pero ella no dijo nada y volvió a entrar.

Se quedó ahí sentado mientras una horrible soledad lo tomó por sorpresa. ¿Qué le habrá pasado a Rogelio? ¿Estaría todavía en la policía? ¿Lo dejarían volver a la escuela? Rogelio se veía tan confundido anoche. ¿Las palabras de quién repetiría ahora que Zipper se había ido? *Zipper, Zipper.* ¿Cómo sería estar muerto? ¿Dolería? ¿Estaba Zipper solo? ¿Sería ahora un fantasma? ¿O nada?

Trino temblaba aunque no estaba haciendo frío y arrancó una hoja para romperla. Estaba rompiendo la tercera hoja cuando el retumbar del auto de Nick llamó su atención. Nick paró el auto blanco debajo del árbol, y al cerrar la puerta vio a Trino sentado en el árbol.

Eso es lo único que me faltaba, otra persona que me diga que lo que hice no estaba bien. O que me ignore porque lo decepcioné. ¿Cuándo me van a tomar en cuenta? ¿Si me tiro de este árbol y me rompo la nuca, le importaría a alguien?

Nick miró hacia arriba y le habló directamente, —Quiero que hablemos sobre el trabajo de la semana entrante. Y me va a dar tortícolis si continúo mirando hacia arriba. ¿Podrías bajar?

Trino suspiró fuerte y luego se tomó su tiempo para

bajar. De verdad no quería hacer el trabajo. En ese momento no quería hacer nada.

—Es bueno ver que puedes subirte a un árbol, Trino. Te puedo mandar a las ramas de más arriba pues yo soy muy alto para pararme en ellas. —Nick dirigió a Trino hacia el vehículo y luego se recostó contra el tapabarros—. Hay una señora que necesita que le corten un par de robles detrás de su negocio. Uno se está pudriendo y tiene miedo de que se caiga encima de la tienda. El otro necesita una buena podada. Creo que si consigo a otra persona que me ayude puedo salir de los dos árboles en un día.

Trino se encogió de hombros y fijó la vista en la gravilla mientras pasaba un pie contra las piedras y la arena. No podía pensar en nada, excepto en Zipper y Rogelio.

—¿Trino, me vas a ayudar o no? —La voz de Nick sonaba impaciente.

Trino al fin volteó a mirarlo. Sólo fijó los ojos en el hombre. Hablar tomaba mucho esfuerzo. Esperaba ver a Nick enojado, pero Trino se llevó una sorpresa. Los ojos y la boca del hombre se suavizaron en una expresión de simpatía.

—Lo que pasó anoche fue espantoso. ¿Verdad? —Nick sacudió la cabeza—. Siento tanto que hubieras tenido que ver que le dispararan a tu amigo. Es algo muy duro de ver a cualquier edad.

Trino frunció el ceño. No quería que el hombre le tuviera lástima. —Le voy a ayudar a cortar sus árboles. ¿A qué hora?

Nick levantó una ceja y le extendió la mano. —Te pago veinte dólares por un buen día de trabajo. Démonos la mano.

Trino vaciló antes de darle la mano a Nick. Ésta era grande y curtida por el trabajo. Cuando se dieron la mano, sintió el apretón fuerte y firme, no uno de esos apretones aguados. A Trino le gustó cómo lo hacía sentir el respeto de Nick.

Se acordó de lo último que le había dicho a Rosca: *Yo cuidaré lo que es mío. Espera y verás.* Trino miró a Nick a la cara mientras soltaban sus manos y de pronto vio la forma de hacerse cargo de lo que era suyo.

—¿Nick, hay alguna manera de que me pueda dar los veinte dólares ahora? Mi mamá necesita el dinero para comprarle la medicina a Beto. Y . . . si lo hace le vuelvo a ayudar. Cuando sea.

Nick se rascó la barbilla mientras pensaba en lo que Trino le pedía. Dentro de Trino retumbaba la sensación de anticipación que hacía que se le aflojaran las piernas. Nunca le había pedido a un hombre que le diera dinero así. ¿Estaría tentando su suerte?

—En realidad podría usar a un ayudante permanente —dijo Nick—. Pero tengo que probarte primero. Ver si puedes trabajar.

—Lo puedo hacer. Va a ver. —Trino le extendió la mano a Nick—. ¿Trato hecho? ¿Me puede dar el dinero para mi mamá?

Nick miró hacia abajo pero luego tomó la mano de Trino y la apretó. —Trino, te voy a dejar que le des el dinero a tu mamá. Traté de darle un poco de dinero anoche, pero no quiso recibirlo. Ésta es la mejor forma de ayudarnos—. Le dio una sonrisa tan grande que hizo que Trino también sonriera.

—Me gusta ver que un muchacho aproveche la oportunidad de ayudar a su familia —dijo Nick—. Pero también tienes que aprovechar las oportunidades para ayudarte a ti mismo. No solamente en el trabajo sino en la escuela. Así no tendrás que limpiar los pisos y los baños de otras personas el resto de tu vida.

Ésta era la segunda vez en unas cuantas semanas que había oído esas palabras. El poeta Montoya y ahora Nick. Limpiar baños debía ser uno de los peores trabajos en el mundo. Era lo que hacía su mamá. Y Trino sabía que ella no estaba contenta con su vida.

Trino tenía mucho en qué pensar. Siguió a Nick hacia la casa móvil y entraron.

Capítulo catorce
Lisana

El lunes por la mañana, cuando la señorita Juárez anunció que un chico de séptimo grado llamado Cipriano Zepeda había muerto en un accidente durante el fin de semana, los estudiantes en el salón del señor Cervantes se miraron unos a otros encongiéndose de hombros y murmurando. —¿Quién es ése?

Trino había sospechado que nadie sabría quién era Zipper excepto las maestras. Por eso lo sorprendió que el muchacho sentado junto a él le preguntara, —¿Es ese el chico que siempre lleva puesto un chaleco de cuero con cierres?

—Sí —dijo Trino con voz cansada. Le llegó a la cabeza la última imagen de Zipper desplomándose en el piso para después desvanecerse en una tela amarilla.

—¿Sabes qué pasó?

Trino se encongió de hombros y meneó la cabeza. El chico también se encogió de hombros y nada más se dijo acerca del "muchacho que murió".

Cuando Trino fue a las otras clases oyó que los chicos en los pasillos hablaban de lo qué había sucedido, inclusive algunos mencionaron a Zipper por su nombre.

Cuando entró a la clase de historia de Coach Treviño, el estómago de Trino bajó hasta sus pies. Esperaba ver a Zipper en el pupitre de siempre, al final de la quinta fila, buscando algo en sus bolsillos, esperando a que empezara la clase.

Para Trino el pupitre de atrás parecía estar a millas de distancia.

—Hola, Trino. ¿Estás bien?

Trino tragó saliva antes de voltear a mirar a Coach Treviño. El hombre siempre había sido amable, aunque Trino nunca hacía las tareas.

—Me siento muy mal por lo que le pasó a Zipper —dijo Coach, su mano grande tocando suavemente el hombro de Trino—. ¿Estabas con él cuando lo mataron?

Trino continuó sin decir mucho. —Sólo sé que lo mataron. Eso es todo. —No dijo nada más. No confiaba en que no convirtieran sus palabras en mentiras y chismes.

—Si quieres te puedo dar un pase para que vayas donde el consejero. Si deseas hablar. Sé que eras amigo de Zipper —le dijo Coach.

—No necesito hablar con ningún consejero. —Trino bajó la mirada y se encaminó hacia su pupitre en la parte de atrás del salón. ¿Qué le diría al consejero? ¿Confesarle que todo era culpa suya? ¿Describir cuando le dispararon a Zipper? Lo único bueno sería que podría salir de clase, pero sentarse en un sitio y sólo pensar en Zipper no le llamaba la atención. Casi se había puesto contento de ir a la escuela hoy para poder poner su mente en algo distinto, después de un domingo que le había dado demasiado tiempo para pensar en la muerte de Zipper.

Trino se sentó y fijó la mirada en el mapa clavado en la pared, cerca a él. Se llenó la cabeza con los nombres de las ciudades, ríos y formaciones de tierra de Texas, cualquier cosa que le mantuviera la mente lejos del pupitre desocupado detrás de él.

Los estudiantes llegaron a clase hablando y riéndose

como si fuera un día cualquiera. Después sonó la campana y Coach Treviño golpeó los nudillos con fuerza sobre el escritorio.

—Estoy seguro de que ya oyeron lo que la señorita Juárez anunció esta mañana durante la reunión —dijo Coach, parándose cerca del escritorio—. Probablemente muchos de ustedes no reconocieron el nombre de Cipriano Zepeda. Siento decirles que era Zipper.

Trino retiró los ojos del mapa y miró a su alrededor. Los estudiantes se miraban unos a otros. Algunas caras se mostraban confusas, otras sorprendidas, otras tristes. Unos pocos se quedaron mirando fijamente a Trino y al pupitre desocupado detrás de él.

—¿Sabe qué pasó, Coach? —preguntó un chico de adelante.

Coach Treviño aclaró la garganta. —Me dijeron que le dispararon por accidente. Estaba con otros muchachos mayores y ellos trataron de robar en el lavadero de autos. El propietario pensó que le iban a hacer daño, y disparó su arma y mató a Zipper.

Por lo menos él tiene los hechos claros. Pensó Trino.

Para Trino la clase de historia era extraña sin Zipper sentado detrás de él. Sin embargo, el caminar a la clase de la señora Palacios en el cuarto período y no ver a Rogelio esperándolo en la fuente para beber como de costumbre, hizo que el espíritu de Trino cayera en un hueco oscuro y triste.

Había parado en la casa de Rogelio antes de ir a la escuela y su abuela le había dicho que éste todavía estaba en la cárcel de menores, y si salía libre lo enviarían a esa escuela en el centro, donde enseñaban curas. Mientras entraba en silencio al salón de la señora Palacios, de inmediato se dio cuenta de algo diferente en los estudiantes que no había visto en la clase de Coach Treviño.

—Era un estúpido. Con razón alguien le disparó —le dijo una chica de pelo negro al que quisiera oírla.

Otro chico se mofó, —Oye, Zipper. ¿Tienes balas en tus bolsillos? —Y un grupo de muchachos se rió.

Trino miró mal al muchacho, pero el chico lo ignoró, se dirigió a su amigo y dijo, —¿Crees que cuelguen el chaleco de Zipper en la caja de los trofeos junto a la oficina de la señorita Jiménez?

Trino ignoró su estúpida risa y se fue a su lugar cerca de la ventana y se sentó. Sintió ganas de poner las manos alrededor del cuello de alguien y apretar hasta que las pupilas saltaran y la lengua que había dicho esas bromas horribles se saliera de su sitio y se meciera como un gusano muerto.

—Lo único que hacía era llamarme carne de cucaracha —dijo un chico en voz alta—. Ahora él es carne de cucarachas. Espero que su ataúd tenga huecos. ¡Ja!

Trino estaba listo para levantarse e ir a pegarle cuando la señora Palacios entró al salón de clase. Tal vez le pediría un pase para ir al consejero y salir del salón. Pero no quería que la señora Palacios le hiciera toda clase de preguntas tontas, y los demás muchachos oyeran cosas y tal vez empezaran a hacer bromas acerca de él y de Zipper.

La señora Palacios se paró en la mitad del salón y suspiró. —Me imagino que ya habrán oído sobre Zipper. Parece que también Rogelio se metió en problemas. Espero que todos piensen en lo que les pasó a estos muchachos y aprendan la lección. —Volteó los ojos directamente a Trino y dijo—, algunas personas no tienen una segunda oportunidad.

Trino se quedó sentado donde estaba, sintiendo que todos lo rasgaban en pedazos. Evitó mirar directamente a la maestra. Aún cuando la señora Palacios le pedía que diera la respuesta correcta en la hoja de trabajo, decía las palabras y mantenía los ojos bajos. Cuando terminó la clase, lo único que quería era escapar. Tal vez se saldría de la escuela y trabajaría para Nick cortando árboles el resto de su vida.

Caminó por los pasillos llenos de estudiantes pero ninguno le habló. No podía deshacerse del negro estado de ánimo que lo envolvía.

Aunque su mamá le había dicho por la mañana que no dejara de almorzar en la escuela porque no estaba segura de que hubiera comida para la cena, Trino no fue a la cafetería. ¿Con quién se iba a sentar? Probablemente los chicos empezarían a hablar de Zipper o a hacerle preguntas.

Trino salió hacia la cancha de baloncesto y las bancas de cemento. Encontró un sitio para sentarse debajo de un árbol. Necesitaba aclarar su mente. Observaba a un grupo de muchachos que lanzaban canastas, corrían y se reían. Un grupo de chicas estaba sentado en una banca cercana, riéndose, peinándose, pintándose los labios y demás. Como si nada hubiera cambiado, excepto por lo que pasaba dentro de Trino.

No supo cuánto tiempo estuvo ahí sentado mirando y pasando de un sentimiento al otro cuando oyó la voz de una chica que decía su nombre.

—Hola, Trino. ¿Cómo estás?

Sintió que el cuerpo se le ponía un poco rígido antes de que se le relajara al ver a Lisana. Cuando ésta le sonrió sintió de pronto . . . por unos segundos . . . como si fuera el mismo de antes.

—¿Me puedo sentar aquí? —le preguntó ella señalando el espacio junto a él.

—Claro, Lisana. Hola. —Se movió para darle espacio en la sombra.

Lisana se sentó y puso su mochila de mezclilla sobre su regazo. —Deseaba encontrarte hoy. He estado pensando en ti.

Sus palabras lo hicieron sonreír un poco. —¿Sí?

Ella bajó la vista y empezó a rascar las uñas contra sus jeans. —Escuché lo de Zipper, ¿ese chico era uno de tus amigos, verdad?

—Sí, lo era. —Trino, sintiéndose incómodo, cambió de posición. ¿Se acordaría que Zipper la había llamado Chica Pizza?

—Héctor dijo que Coach Treviño parecía estar algo alterado cuando les contó sobre Zipper.

—¿Héctor?

—Mi amigo Héctor. Él está en la clase de historia contigo, ¿te acuerdas?

Trino se encogió de hombros y suspiró. —Lo siento, se me había olvidado. Yo. Yo no sé . . .

Lisana se acercó y puso la mano en el hombro de Trino. —Está bien. No tenemos que hablar si no quieres. Puedo sólo sentarme aquí contigo, Trino.

Ahí fue cuando la miró. Lisana era tan amable. Y aquí estaba hablando con él, sentada ahí con él. Esto lo hacía sentir mucho mejor que el sentimiento de soledad que lo había estado acompañando todo el día. Al ver la preocupación en sus ojos se preguntó. *¿Puedo hablar con ella? ¿Puedo confiar en ella?*

—¿Lisana, alguna vez se ha muerto un amigo tuyo?

—Algo parecido. Mi mamá murió hace dos años. —Lisana medio sonrió—. Ella era mi amiga.

Las manos de Trino temblaron. *¿Su mamá?* —Qué terrible lo de tu mamá. ¿Cómo murió?

—Un borracho chocó su auto. Así es como Jimmy y yo fuimos a vivir con Abby. —Lisana se recostó contra el tronco del árbol, sus hombros afirmándose en los de Trino cómodamente—. Pobre Abby. Ella se acababa de casar y Jimmy y yo llegamos a vivir con ella y con Earl. En realidad él fue muy bueno. No sé que hubiéramos hecho si Abby y Earl no nos hubieran querido con ellos.

La voz calmada y la cercanía de la chica empezaron a penetrar la pared de ladrillo que Trino había construido a su alrededor en los últimos días. Nunca había esperado que una chica como ella fuera su amiga.

—No le he contado esto a nadie, Trino. Ni siquiera Janie lo sabe, pero mi mamá murió cuando volvía del centro comercial. Estaba de compras para mí y para Jimmy. Murió el día de nuestros cumpleaños.

Trino nunca había oído algo tan espantoso. Tuvo la disparatada urgencia de poner los brazos alrededor de Lisana. ¿Qué le estaba pasando? Ni siquiera le gustaba abrazar a su mamá y siempre empujaba a Beto y a Gus cuando querían algo parecido. Sin embargo, lo que ella le había dicho merecía algo más que un "¡Oh! lo siento". Lisana le había dicho algo que ni siquiera su mejor amiga sabía.

Tragó saliva y luego dijo, —Lisana, nadie en la escuela sabe esto . . . pero vi cuando le dispararon a Zipper. Se suponía que yo iba a estar con ellos, con Rosca y esos muchachos . . . pero llegué tarde, demasiado tarde, me imagino.

Sintió que el cuerpo de ella se ponía rígido y retiró los hombros de los suyos. Le dio miedo voltear a mirarla. Había admitido . . . tal vez demasiado. ¿Qué pensaría de él?

—Ay, Trino. —Lisana se pasó los dedos por el cabello—. Te dije que esos muchachos eran un problema. Tienes mucha suerte de no ser tú el muerto. ¿Te das cuenta de eso? —Luego suspiró y se movió hasta quedar de rodillas en la banca frente a él—. Alguien me dijo que Rosca y los otros estaban tratando de robar un lavadero de autos. ¿Era eso lo que tú también ibas a hacer? ¿Por qué? ¿Dime por qué?

Él no sabía cómo responder a sus preguntas. Su voz no sonaba enojada, sólo llena de desilusión. Pero algunas veces había razones, y la opinión de ella le importaba. De todas las personas que conocía, Lisana tenía que entender el dilema de Trino.

—Al principio no iba a hacerlo —le dijo, tratando de ser tan honesto como podía—. Pero entonces mi mamá perdió su trabajo y mi hermano pequeño se enfermó y no teníamos dinero para la medicina, por eso pensé que Rosca me podía ayudar a conseguir el dinero. Yo creí que íbamos a asaltar un par de máquinas y salir corriendo. No pensé que un hombre con una pistola estaría allí.

Ella sólo se quedó mirándolo con los ojos muy abiertos. El rostro tan inexpresivo que no tenía idea de lo que pensaba. Le contó el resto, todo.

—A Zipper le dispararon por mi culpa. Él y Rogelio nunca se habrían mezclado con Rosca si no hubiera sido por mí. Los chicos querían parte del trabajo para ser buena onda. —Se rió con sarcasmo—. Creí que podía confiar en Rosca. Fui un estúpido y me equivoqué. Zipper está muerto y Rogelio tendrá un registro en la policía. Todo es mi culpa.

Trino dejó de hablar sabiendo que le había dicho a Lisana más de lo que le había dicho a nadie. Esperaba que ella lo entendiera, que fuera una persona en quién confiar. Necesitaba un amigo, alguien como Lisana, que se preocupara por sus sentimientos.

Lentamente, la cara de Lisana volvió a la vida. Sus ojos

oscuros brillaban cuando inclinó se cara hacia un lado.
—No es tu culpa, Trino. No forzaste a Zipper y a Rogelio
para que fueran al lavadero de autos con Rosca, ¿o sí? Ellos
decidieron ir. —Dio un pequeño suspiro—. Después de que
murió mi mamá yo me culpé muchísimo. Si no hubiera
querido los estúpidos platos de cartón con unicornios
morados para mi fiesta, tal vez ella no hubiera ido al centro comercial ese día. Un día que estaba llorando por esto,
Abby me recordó que había tenido suerte de no haber estado en el auto con ella. Tú también tuviste suerte, Trino. Tal
vez necesitas pensar en esto cuando te sientas triste por
Zipper.

Trino se encogió de hombros porque no sabía qué
decir.

Lisana se sentó sobre los talones. —Cuando alguien
muere es terrible, ¿no es cierto?

Él asintió, sintiéndose avergonzado por el embarazoso
ruido que hacía su estómago.

Lisana se rió cuando Trino golpeó el estómago con las
manos para acallar el ruido.

—¿Me imagino que tienes hambre, eh? —Bajó la vista
y abrió la mochila. —Los chicos siempre están con hambre. Abby jura que Jimmy come por tres personas.
—Escarbó entre la mochila y luego dijo— Lo siento, Trino,
no hay comida aquí.

—Está bien, Lisana —dijo. Se sentía tan contento de
estar con ella que ni el hambre lo atormentaba.

—¡Ay, pero. . . ! —De pronto se le iluminó el rostro
como si un foco se hubiera prendido dentro de ella—.
¿Podrías venir a mi casa el sábado? Voy a usar el cupón
para la pizza que me dio la señorita Juárez. Abby me dijo
que podía invitar a algunos amigos. Ya conoces a Héctor
y a Jimmy. Probablemente invite también a Janie. ¿Estás

ocupado el sábado?

Trino se sintió tan emocionado de que ella quisiera incluirlo que le tomó un momento acordarse del trabajo con Nick. Su felicidad se evaporó con la desilusión.

—Ay, Lisana. No puedo ir. Tengo trabajo ayudándole a un hombre a cortar unos árboles. Mi familia necesita el dinero y prometí ayudarle. —La miró a la cara, odiando ver cómo su sonrisa desaparecía cuando le dio la mala noticia.

—Ay, Trino. Qué lata. Pero entiendo. Yo tampoco puedo hacer todo lo que quiero cuando tengo un trabajo extra cuidando niños. Así consigo el dinero para mis gastos. —Lisana empezó a sonreír otra vez—. Estoy ahorrando dinero para un libro que quiero de la tienda de Maggie. Ella va a tener a Jorge Morelos en la librería en dos semanas. Maggie me mostró el libro. Tiene un pájaro negro que lleva un rosario en el pico. ¿Lo has visto?

Trino no pudo evitar reír. —Sí lo he visto. Es sobre un curandero. Leí un poquito la última vez que estuve en la tienda de Maggie. —No podía creerlo. Trino Olivares estaba hablando sobre un libro que había leído.

—Entonces tienes que venir conmigo cuando Morelos venga a La Canasta de Libros. Ambos tenemos que oírlo leer, Trino.

Se quedaron hablando bajo el árbol hasta que sonó la campana. Trino le preguntó si podían caminar a casa juntos para saber dónde vivía, y ella se rió y le dijo que sí.

Y luego Trino volvió a entrar a la escuela, pensando que tal vez sí era un lugar a donde él pertenecía.

También por Diane Gonzales Bertrand

Alicia's Treasure
Close to the Heart
Lessons of the Game
Sweet Fifteen
Trino's Time
Upside Down and Backwards /
De cabeza y al revés